独学 日本語 系列
本書內容：入門程度

· 附線上電子音檔 ·

輕鬆上手！
日語五十音
習字帖

三民日語編輯小組　編著

字形解析
×
筆順習字帖
×
單字練習

專為初學者量身打造
平假名、片假名習字工具

三民書局

給讀者的話

　　日語五十音怎麼數都沒有五十個，為什麼稱作五十音呢？現在看到的日語五十音，其實是經過不斷修改過的版本。配合現代日語的使用習慣，刪除重複出現、日常使用度較低的假名，剩下四十六個音仍然沿用「五十音」的說法。

　　初學者剛開始學習日語時，往往會因為無法順利記住五十音而感到挫折。為了讓學習者掌握發音規則，系統性地認識平假名與片假名，書中各章節開頭說明基礎發音的特性與字形，搭配羅馬拼音對照表與線上音檔。接著詳細解說假名的運筆要點，將容易混淆的字設計成「字形比較」與「筆畫提醒」小單元。認識五十音字形之後，運用習字帖實際練習運筆，熟悉筆順與筆畫的相對位置，再進階至單字練習。

　　依照發音特性，本書分為「清音・撥音」、「濁音・半濁音」、「拗音」、「長音」、「促音」五大章節。五十音除了最後一個音「ん」為撥音，其餘的發音為清音。濁音、半濁音、拗音、長音與促音皆為清音的衍生音，字形也是由清音的字形變化而來。因此熟記第一章的五十音字形之後，自然而然能記住後續章節中的衍生音字形。

　　希望藉由書寫練習，初學者能循序漸進地熟記所有基礎發音的字形，紮實地奠定書寫基礎。

三民日語編輯小組

① 學習標準發音

基礎發音與字形介紹，搭配羅馬拼音對照表，並附上線上音檔連結。（存取全書音檔，請參見書中 P.6「線上音檔使用教學」。）

② 掌握字形與筆順

根據字源、字形結構、運筆要點的說明，掌握字形與筆順。

③ 釐清字形結構

獨家設計「字形比較」與「筆畫提醒」小單元，彙整經常被混淆的字形或筆畫，有助於加深記憶。

④ 練習運筆

留意十字格習字帖中的筆畫位置，藉由描寫、自主練習，逐漸熟悉五十音運筆。

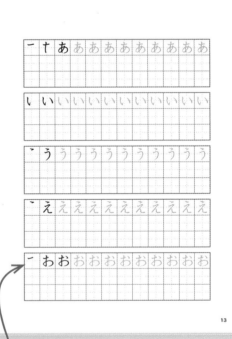

清音・撥音基本介紹

五十音經過不斷修改，配合現代日語的使用習慣，刪除重複出現以及較低的假名，剩餘四十六個，但是仍然沿用「五十音」的說法。其中最後一個為撥音，是用鼻腔發聲的特殊音，常跟著「母音」共同構成音節，出現在字中或是字尾。其餘為「清音」，另外延伸出二十個濁音、五個半濁音、三十三個拗音、四十四個以上的長音、一個促音。

平假名

	段	あ段 a		い段 i		う段 u		え段 e		お段 o	
行											
あ行	－	a	あ	i	い	u	う	e	え	o	お
か行	k	ka	か	ki	き	ku	く	ke	け	ko	こ
さ行	s	sa	さ	shi	し	su	す	se	せ	so	そ
た行	t	ta	た	chi	ち	tsu	つ	te	て	to	と
な行	n	na	な	ni	に	nu	ぬ	ne	ね	no	の
は行	h	ha	は	hi	ひ	fu	ふ	he	へ	ho	ほ
ま行	m	ma	ま	mi	み	mu	む	me	め	mo	も
や行	y	ya	や			yu	ゆ			yo	よ
ら行	r	ra	ら	ri	り	ru	る	re	れ	ro	ろ
わ行	w	wa	わ							o	を
撥音	n									n	ん

10

平假名習字

a 字源：安

第三畫圓弧二度貫穿第二畫豎筆，而且落筆位置凸出圓弧外。

i 字源：以

第一畫收筆時的勾起，是為了接續第二畫短斜筆的運筆，也是字形的辨識特徵。

u 字源：宇

第一畫是右點，第二畫前半部的短橫略微上揚，畫圓角轉折向下後拉直，快到中段時再向左撇。

e 字源：衣

第一畫也是右點，第二畫像是一筆完成阿拉伯數字「7」與英文字母小寫「h」。

o 字源：於

第二畫是豎筆後緊接著轉換方向畫圓弧，不同於「あ」的第二畫是豎筆結束。

★字形比較

あ 平假名 豎筆略帶弧度

お 平假名 豎筆要直

12

13

❺ 進階單字練習

學習生活常用字彙,藉此更加熟練日文字形與筆畫。除了各章節的單字練習之外,書末另附有「綜合練習」,驗收學習成效。

平假名單字練習

いえ 家		いえ	
かお 臉		かお	
すし 壽司		すし	
て 手		て	
にく 肉		にく	

❻ 相似字形對照

比較平假名與片假名相似字形,強化日語五十音的辨識能力。

相似字形對照

平假名

筆畫中有「つ」	收筆前打圈
つちら るろわ	なぬねは ほまよる

上半邊字形相同	下半邊字形相同
るろ うえら	さき そと

左半邊字形相同	右半邊字形相同
ぬめ ねれわ けにはほ	ぬね
	字形相似 こいり

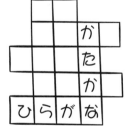

方法 1. 隨掃隨聽

依照學習內容掃描書中 QR code，就能立即線上聆聽標準發音，跟著專業日籍教師開口練習。

清音・撥音基本介紹

Track 01

五十音經過不斷修改，配合現代日語的使用習慣，刪除重複出現以及日常使用度較低的假名，剩餘四十六個，但是仍然沿用「五十音」的說法。其中最後一個音「ん」為撥音，是用鼻腔發聲的特殊音，常跟著「母音」共同構成音節。出現在字中或是字尾。其餘為「清音」，另外延伸出二十個濁音、五個半濁音、三十三個拗音、四十四個以上的長音、一個促音。

平假名

行　　段	あ段 a	い段 i	う段 u	え段 e	お段 o
あ行 −	a あ	i い	u う	e え	o お
か行 k	ka か	ki き	ku く	ke け	ko こ
さ行 s	sa さ	shi し	su す	se せ	so そ
た行 t	ta た	chi ち	tsu つ	te て	to と
な行 n	na な	ni に	nu ぬ	ne ね	no の
は行 h	ha は	hi ひ	fu ふ	he へ	ho ほ
ま行 m	ma ま	mi み	mu む	me め	mo も
や行 y	ya や		yu ゆ		yo よ
ら行 r	ra ら	ri り	ru る	re れ	ro ろ
わ行 w	wa わ				o を
撥音 n					n ん

10

方法 2. 下載全書音檔

請輸入下列網址或掃描 QR code 進入「三民・東大音檔網」，依提示存取音檔。若無法順利使用音檔，請至「常見問題」頁面查詢，或點選「聯絡我們」留言，我們將盡速為您處理。

網址：https://reurl.cc/qgkG23

QR code：

輕鬆上手！日語五十音習字帖

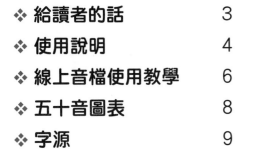

目　次

❖ 給讀者的話　　　　　　　3

❖ 使用說明　　　　　　　　4

❖ 線上音檔使用教學　　　　6

❖ 五十音圖表　　　　　　　8

❖ 字源　　　　　　　　　　9

清音・撥音　　　Track 01

清音・撥音基本介紹　　10

平假名習字　　　　　　12

平假名單字練習　　　　32

片假名習字　　　　　　34

片假名單字練習　　　　54

❖ 相似字形對照　　　　　56

濁音・半濁音　　Track 02

濁音・半濁音基本介紹　58

濁音・半濁音習字　　　60

濁音・半濁音單字練習　70

拗音　　　Track 03 ～ 04

拗音基本介紹　　　　　72

拗音習字　　　　　　　74

特殊拗音基本介紹　　　96

常見特殊拗音習字　　　97

拗音單字練習　　　　　98

長音　　　　　Track 05

長音基本介紹　　　　　100

長音習字　　　　　　　102

長音單字練習　　　　　104

促音　　　　　Track 06

促音基本介紹　　　　　106

促音習字　　　　　　　106

促音單字練習　　　　　107

❖ 綜合練習　　　　　　　108

圖片來源：Shutterstock

五十音圖表

平假名

行 段	あ行	か行	さ行	た行	な行	は行	ま行	や行	ら行	わ行	撥音
あ段	あ	か	さ	た	な	は	ま	や	ら	わ	
い段	い	き	し	ち	に	ひ	み		り		
う段	う	く	す	つ	ぬ	ふ	む	ゆ	る		
え段	え	け	せ	て	ね	へ	め		れ		
お段	お	こ	そ	と	の	ほ	も	よ	ろ	を	ん

片假名

行 段	ア行	カ行	サ行	タ行	ナ行	ハ行	マ行	ヤ行	ラ行	ワ行	撥音
ア段	ア	カ	サ	タ	ナ	ハ	マ	ヤ	ラ	ワ	
イ段	イ	キ	シ	チ	ニ	ヒ	ミ		リ		
ウ段	ウ	ク	ス	ツ	ヌ	フ	ム	ユ	ル		
エ段	エ	ケ	セ	テ	ネ	ヘ	メ		レ		
オ段	オ	コ	ソ	ト	ノ	ホ	モ	ヨ	ロ	ヲ	ン

字源

日語的假名分成平假名與片假名，兩者字形迥異，但發音相同，在現代日語的使用習慣上都是表音文字。（假名的字源以及羅馬拼音不只一種說法，本書採用其中一種版本。）

平假名：使用頻率較高，是從中文的草書發展而來，運筆時須掌握圓潤流暢。

あ 安	か 加	さ 左	た 太	な 奈	は 波	ま 末	や 也	ら 良	わ 和	
い 以	き 幾	し 之	ち 知	に 仁	ひ 比	み 美		り 利		
う 宇	く 久	す 寸	つ 川	ぬ 奴	ふ 不	む 武	ゆ 由	る 留		
え 衣	け 計	せ 世	て 天	ね 祢	へ 部	め 女		れ 礼		
お 於	こ 己	そ 曾	と 止	の 乃	ほ 保	も 毛	よ 与	ろ 呂	を 遠	ん 无

片假名：用於外來語、擬聲語，大部分源自中文楷書的偏旁或部分筆畫，筆畫稜角明顯。

ア 阿	カ 加	サ 散	タ 多	ナ 奈	ハ 八	マ 万	ヤ 也	ラ 良	ワ 和	
イ 伊	キ 幾	シ 之	チ 千	ニ 二	ヒ 比	ミ 三		リ 利		
ウ 宇	ク 久	ス 須	ッ 川	ヌ 奴	フ 不	ム 牟	ユ 由	ル 流		
エ 江	ケ 介	セ 世	テ 天	ネ 祢	ヘ 部	メ 女		レ 礼		
オ 於	コ 己	ソ 曾	ト 止	ノ 乃	ホ 保	モ 毛	ヨ 与	ロ 呂	ヲ 乎	ン 乚

清音・撥音基本介紹

　　五十音經過不斷修改，配合現代日語的使用習慣，刪除重複出現以及日常使用度較低的假名，剩餘四十六個，但是仍然沿用「五十音」的說法。其中最後一個音「ん」為撥音，是用鼻腔發聲的特殊音，常跟著「母音」共同構成音節，出現在字中或是字尾。其餘為「清音」，另外延伸出二十個濁音、五個半濁音、三十三個拗音、四十四個以上的長音、一個促音。

平假名

行＼段		あ段 a	い段 i	う段 u	え段 e	お段 o
あ行	–	a あ	i い	u う	e え	o お
か行	k	ka か	ki き	ku く	ke け	ko こ
さ行	s	sa さ	shi し	su す	se せ	so そ
た行	t	ta た	chi ち	tsu つ	te て	to と
な行	n	na な	ni に	nu ぬ	ne ね	no の
は行	h	ha は	hi ひ	fu ふ	he へ	ho ほ
ま行	m	ma ま	mi み	mu む	me め	mo も
や行	y	ya や		yu ゆ		yo よ
ら行	r	ra ら	ri り	ru る	re れ	ro ろ
わ行	w	wa わ				o を
撥音	n					n ん

片假名

	段	ア段		イ段		ウ段		エ段		オ段	
行		a		i		u		e		o	
ア行	–	a	ア	i	イ	u	ウ	e	エ	o	オ
カ行	k	ka	カ	ki	キ	ku	ク	ke	ケ	ko	コ
サ行	s	sa	サ	shi	シ	su	ス	se	セ	so	ソ
タ行	t	ta	タ	chi	チ	tsu	ツ	te	テ	to	ト
ナ行	n	na	ナ	ni	ニ	nu	ヌ	ne	ネ	no	ノ
ハ行	h	ha	ハ	hi	ヒ	fu	フ	he	ヘ	ho	ホ
マ行	m	ma	マ	mi	ミ	mu	ム	me	メ	mo	モ
ヤ行	y	ya	ヤ			yu	ユ			yo	ヨ
ラ行	r	ra	ラ	ri	リ	ru	ル	re	レ	ro	ロ
ワ行	w	wa	ワ							o	ヲ

撥音	n				o	ン

a 字源：安

第三畫圓弧二度貫穿第二畫豎筆，而且落筆位置凸出圓弧外。

i 字源：以

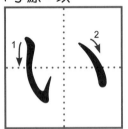

第一畫收筆時的勾起，是為了接續第二畫短斜筆的運筆，也是字形的辨識特徵。

u 字源：宇

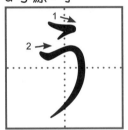

第一畫是右點，第二畫前半部的短橫略微上揚，畫圓角轉折向下後拉直，快到中段時再向左撇。

e 字源：衣

第一畫也是右點，第二畫像是一筆完成阿拉伯數字「7」與英文字母小寫「h」。

o 字源：於

第二畫是豎筆後緊接著轉換方向畫圓弧，不同於「あ」的第二畫是豎筆結束。

★字形比較

 平假名
豎筆略帶弧度

 平假名
豎筆要直

一	十	あ	あ	あ	あ	あ	あ	あ	あ	あ

い	い	い	い	い	い	い	い	い	い	い

`	う	う	う	う	う	う	う	う	う	う

`	え	え	え	え	え	え	え	え	え	え

一	お	お	お	お	お	お	お	お	お	お

ka 字源：加

源自中文「加」的草書，右偏旁「口」因草書筆法簡化成短斜筆。如果想寫得好看，第二畫斜筆可以略短。

ki 字源：幾

共四筆畫。第三畫收筆時的勾起，是為了接續第四畫斜筆的運筆，可以想成是接著畫弧形，第四畫斜筆略帶弧度。

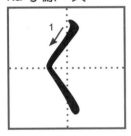

ku 字源：久

字形像是角度稍大的注音符號「く」。

ke 字源：計

源自中文「計」的草書，左偏旁「言」因草書筆法簡化成略帶弧度的豎筆，收筆時的勾起，是為了接續第二畫橫筆的運筆。

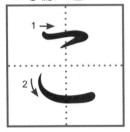

ko 字源：己

由上下兩畫短橫筆構成。第一畫橫筆收筆時的勾起，是為了接續第二畫橫筆的運筆。

★字形比較

 平假名
運筆方向朝右下方

 平假名
運筆方向朝右方

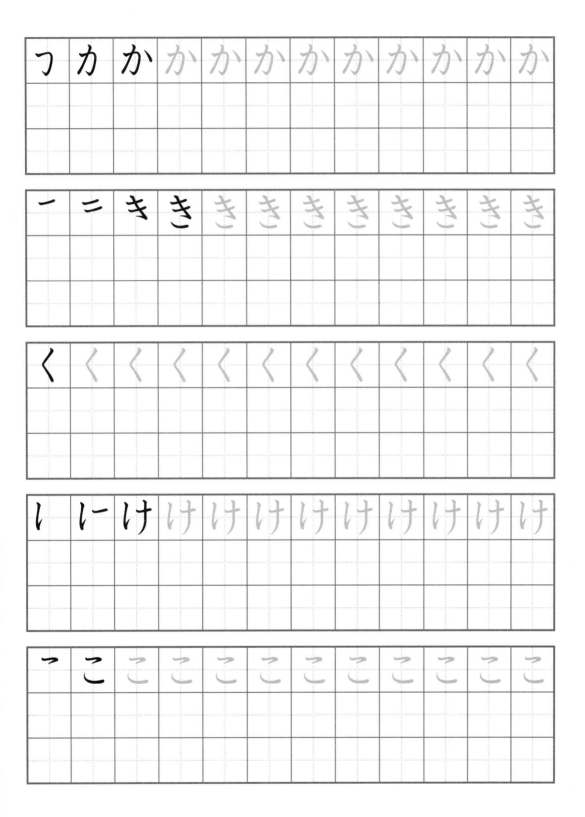

15

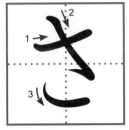

sa 字源：左

筆法像是少了一畫橫筆的「き」。

★字形比較

 平假名
一畫短橫筆

 平假名
兩畫短橫筆

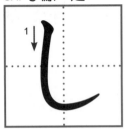

shi 字源：之

運筆像畫魚鉤，豎筆向下到尾端後順勢上挑。

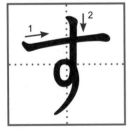

su 字源：寸

源自中文「寸」的草書，因草書筆法簡化為兩畫。
第二畫豎筆畫到一半向上打圈後，回到豎筆的運筆
方向再往下拖曳。

★筆畫提醒

 ✓

 ✗

se 字源：世

源自中文「世」的草書。字形不同於注音符號「ㄝ」，
第二畫略帶勾。

★字形比較

 平假名
第二畫略帶勾

ㄝ 注音符號
第二畫為直筆

so 字源：曾

源自中文「曾」的草書，因草書筆法上方兩點簡化
為連筆，中間部分形成一直線，而下方的「日」則
變成以弧形象徵，用一筆畫串連而成。

16

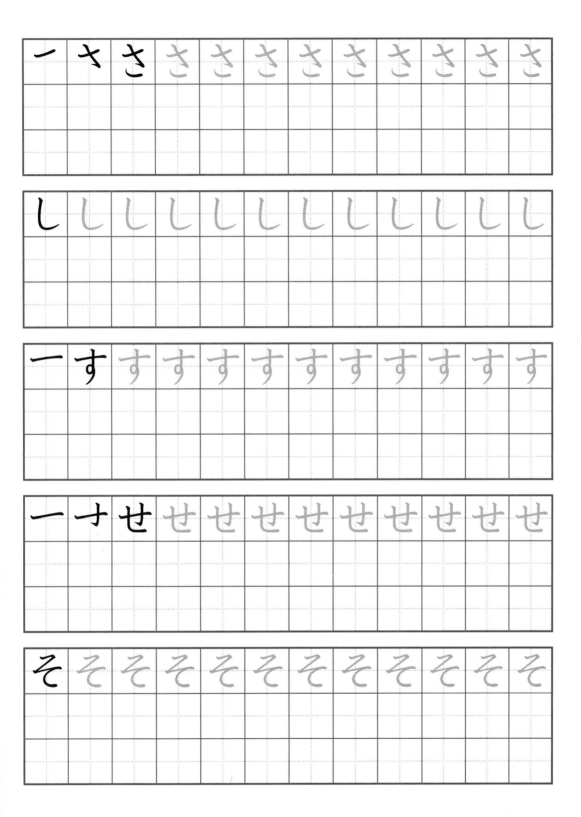

ta 字源：太

第一畫橫筆略短偏左，第二畫斜筆必須運筆到最後，不是一撇。

★字形比較

 平假名
第二畫運筆到最後

 中文
第二畫為一撇

chi 字源：知

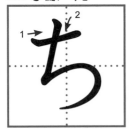

共兩筆畫。第二畫先斜筆向下，到中途筆鋒轉向右方畫出弧形，中間不須停筆。

★字形比較

 平假名
第二畫斜筆角度小

 平假名
第二畫斜筆角度大

tsu 字源：川

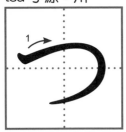

筆鋒略微朝上，向右緩緩運筆，到了尾端順勢下彎，畫圈似地畫出一個大曲形。

te 字源：天

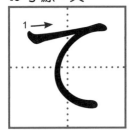

字形像平假名「そ」的下半部。

★字形比較

 平假名

 平假名

to 字源：止

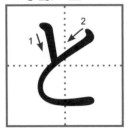

共兩筆畫。第一畫是短斜筆，第二畫像是背部拱起的注音符號「ㄥ」。

★字形比較

 平假名

 注音符號

18

一 十 た た た た た た た た た た

一 ち ち ち ち ち ち ち ち ち ち

つ つ つ つ つ つ つ つ つ つ つ

て て て て て て て て て て て

丶 と と と と と と と と と と と

na 字源：奈

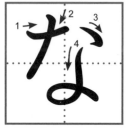

源自中文「奈」的草書，上半部「大」的第三畫簡化成短斜筆，向右上方位移。下半部「示」變成豎筆尾端帶圈，以一筆帶過。

ni 字源：仁

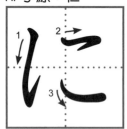

源自中文「仁」的草書。可以想成是由「け」的左半邊與「こ」組合而成。

★字形比較

 平假名
橫筆第一畫略上揚

 平假名
橫筆第一畫略下斜

nu 字源：奴

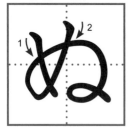

源自中文「奴」的草書。字形仍約略可辨識字源，發音也很相似。留意第二畫的落筆必須出頭。

ne 字源：祢

源自中文「祢」的草書，左偏旁「礻」因草書筆法簡化為「豎＋折」，橫筆略超過豎筆後即可轉折。右半邊的「尔」則以一筆帶過。

★筆畫提醒

no 字源：乃

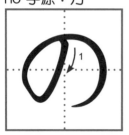

落筆沒有出頭。

| 一 | ナ | か | な | な | な | な | な | な | な | な | な |

| l | に | に | に | に | に | に | に | に | に | に |

| ˋ | ぬ | ぬ | ぬ | ぬ | ぬ | ぬ | ぬ | ぬ | ぬ | ぬ |

| l | ね | ね | ね | ね | ね | ね | ね | ね | ね |

| の | の | の | の | の | の | の | の | の | の | の | の |

ha 字源：波

第三畫的筆法與「な」的最後一畫一樣，都是豎筆拉到近尾端時打圈。

hi 字源：比

字形像是「微笑曲線」，兩端的短橫是嘴角，右邊略微下垂。也像英文字母 "u" 的草寫，但是收筆時是向右下方拉出長度約三分之一的直線；前方的短橫，可以想像成在寫連筆。

fu 字源：不

源自中文「不」的草書。第一畫是右點帶勾，勾筆角度略向下斜，與「う」、「え」第一畫的右點不同。第二畫曲筆畫弧形，第三畫勾筆上挑，第四畫作短斜筆。

he 字源：部

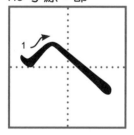

字形像注音符號「ㄟ」，但是二者發音不同。

ho 字源：保

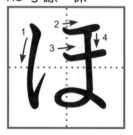

字形像是「は」右半邊的豎筆被蓋頭，多了一畫橫筆。

し	に	は	は	は	は	は	は	は	は	は	は
ひ	ひ	ひ	ひ	ひ	ひ	ひ	ひ	ひ	ひ	ひ	ひ
゛	ふ	ふ	ふ	ふ	ふ	ふ	ふ	ふ	ふ	ふ	ふ
へ	へ	へ	へ	へ	へ	へ	へ	へ	へ	へ	へ
し	に	に	ほ	ほ	ほ	ほ	ほ	ほ	ほ	ほ	ほ

將「ほ」的右半邊移到中央，豎筆出頭，就變成平假名「ま」。

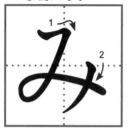

第一畫筆順與中文「之」有異曲同工之妙，比較特別的是平假名「み」在左下角的轉折處打圈。

★字形比較

 平假名　　　　　　　　 中文

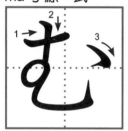

可以想成是平假名「す」移往左邊，第二筆打圈後原本應該向下撇，改成筆鋒向右，往上方挑出弧形，最後再打上頓點。

源自中文「女」的草書，與源自中文草書「奴」的「ぬ」字形不同，第二畫收筆前未打圈。

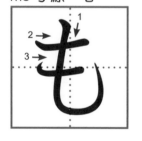

字形像「し」加上兩畫短橫筆，筆順是先寫豎筆。其他同樣有兩畫短橫筆的「き」、「ま」、「ほ」，則是先寫短橫筆。

一	二	ま	ま	ま	ま	ま	ま	ま	ま	ま

み	み	み	み	み	み	み	み	み	み	み

一	む	む	む	む	む	む	む	む	む	む

ヽ	め	め	め	め	め	め	め	め	め	め

し	も	も	も	も	も	も	も	も	も	も

ya 字源：也

源自中文「也」的草書。平假名的第二畫比較短，第三畫則是斜筆。

yu 字源：由

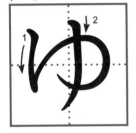

源自中文「由」的草書，因草書筆法將四筆畫的中文「日」簡化為一筆完成。第二畫將筆鋒移到中央，先豎筆至尾端後改成撇筆，貫穿整個橢圓形。

★字形比較

 平假名　　　 中文

yo 字源：与

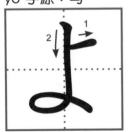

將「は」的右半部單獨拉出來，第一畫橫筆改短，位置移至豎筆右方，就會像平假名「よ」的字形。

★字形比較

 平假名　　　 平假名

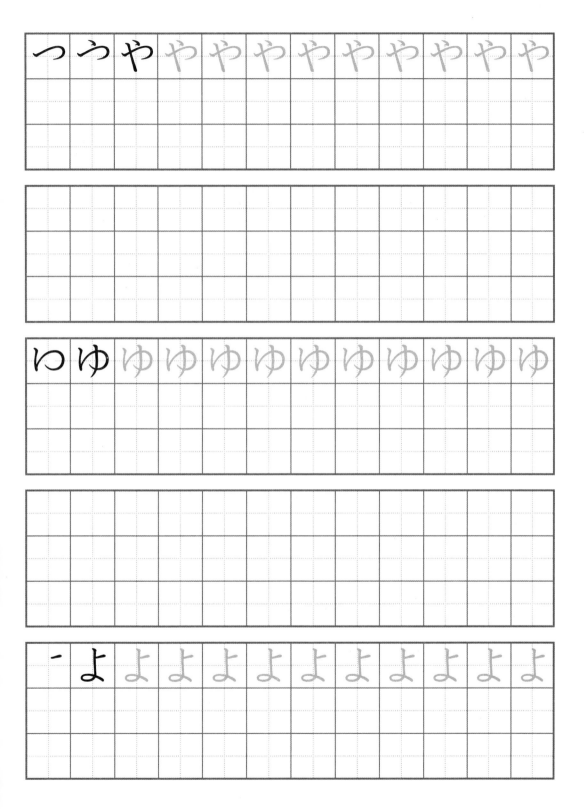

ra 字源：良

第一畫是頓點，第二畫則是豎筆向下到一半左右時，向右畫個「つ」。

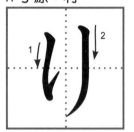

ri 字源：利

由兩條平行的豎筆組成，第一畫收筆時勾起，以接續第二畫的運筆。如同「い」第一畫有勾起，比較容易辨認字形。

★字形比較

 平假名
第二畫較長

 平假名
第一畫略長

ru 字源：留

像用一筆完成阿拉伯數字「7」與「つ」，並在收筆前打圈。

re 字源：礼

源自中文「礼」的草書，左偏旁簡化的方式與「ね」相同，右半邊則是仿照「礼」字的「し」字形，可以想成是在寫平假名「し」。

ro 字源：呂

像是用一筆畫完成阿拉伯數字「7」與「つ」，或是收筆前未打圈的「る」。

ゝらららららららららららら

いりりりりりりりりりりりり

るるるるるるるるるるるる

｜れれれれれれれれれれれ

ろろろろろろろろろろろろ

wa 字源：和

源自中文「和」的草書，左半邊的「禾」部簡化成與「ね」、「れ」相同的偏旁，右半邊「口」則以半弧作為象徵，像是在寫平假名「つ」。

o 字源：遠

共三筆畫。第一畫為短橫置中，第二畫像是以一筆畫完成中文部首「彳」，第三畫則類似「と」的下半部。

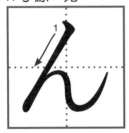

n 字源：无

字形像英文字母「h」的草寫，回筆到斜筆一半長度時再向下轉折，轉折角度略開，筆畫不與斜筆呈平行，最後上挑的停筆位置約與轉折處齊頭。

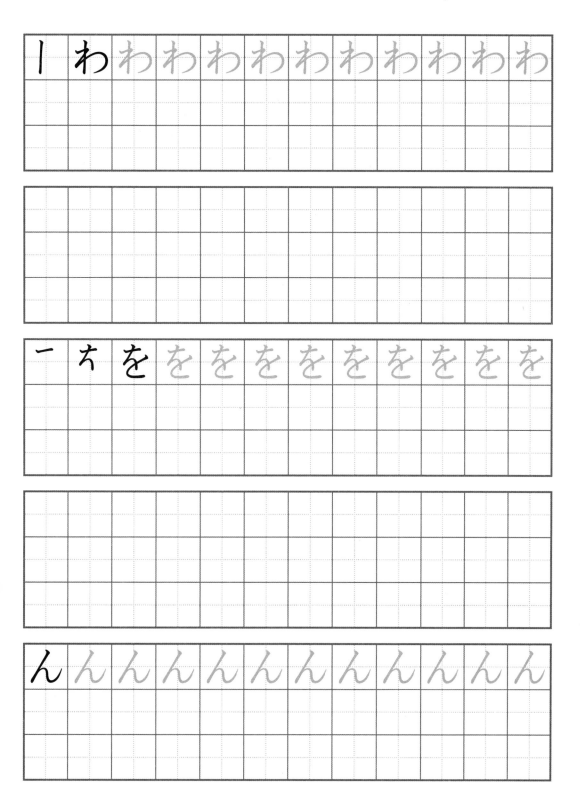

平假名單字練習

いえ 家	いえ		

かお 臉	かお		

すし 壽司	すし		

て 手	て		

にく 肉	にく		

はな 花	はな	

め 眼睛	め	

やま 山	やま	

さくら 櫻花	さくら	

にわ 庭院	にわ	

片假名習字

a 字源：阿

第二畫撇筆落筆處未碰到第一畫橫筆的部分，而且撇筆與橫筆的長度約等長。

★筆畫提醒

 ✓   ✗

i 字源：伊

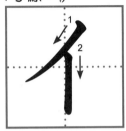

撇筆與豎筆的角度約呈 150 度，二者長度約等長。

u 字源：宇

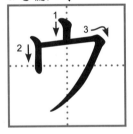

第二畫是直筆，第三畫由橫筆與撇筆組成，撇筆的部分要拉長。

★字形比較

 片假名   平假名

e 字源：江

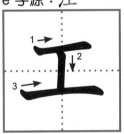

字形像中文「工」。

★字形比較

 片假名   中文

o 字源：於

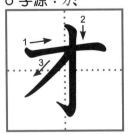

字形像中文「才」，但是片假名的第三畫撇筆與直線約呈 45 度。

★字形比較

 片假名   中文

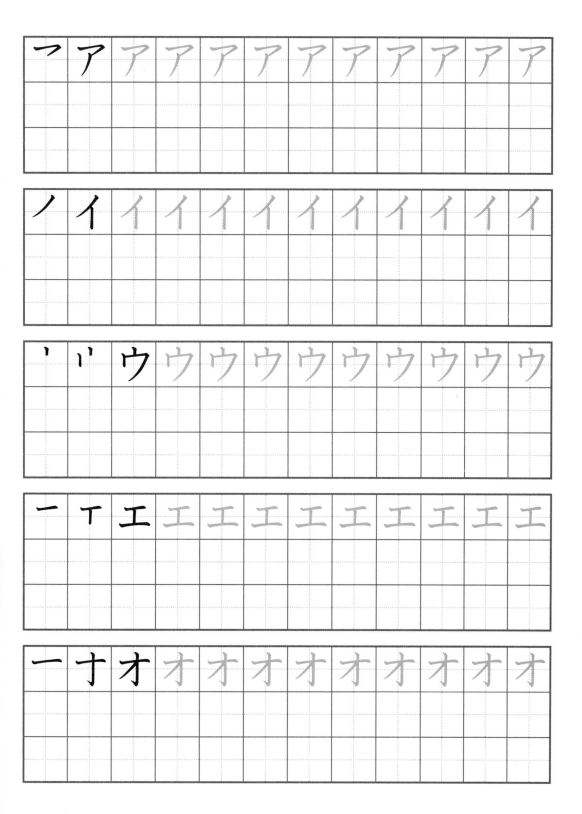

ka 字源：加

源自中文「加」的楷書，只取左偏旁「力」，所以橫筆的部分比平假名長。

★字形比較

 片假名　　　　　　　 平假名

ki 字源：幾

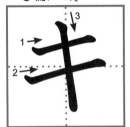

源自中文「幾」的楷書，兩個「幺」簡化為一橫。留意第三畫斜筆約傾斜 15 度。

★字形比較

 片假名　　　　　　　 平假名

ku 字源：久

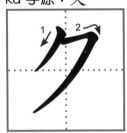

第一畫撇筆僅略微出頭，運筆時也要留意第二畫橫筆的落筆位置。

ke 字源：介

將片假名「ク」改成三筆畫，拉長橫筆，並將橫筆位置略為下降，就會變成「ケ」。

ko 字源：己

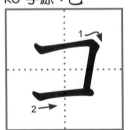

橫筆的長度較豎筆長。

★筆畫提醒

 ✓　　　　　　　 ✗

フ	カ	カ	カ	カ	カ	カ	カ	カ	カ	カ

一	二	キ	キ	キ	キ	キ	キ	キ	キ	キ

ノ	ク	ク	ク	ク	ク	ク	ク	ク	ク	ク

ノ	⺈	ケ	ケ	ケ	ケ	ケ	ケ	ケ	ケ	ケ

フ	コ	コ	コ	コ	コ	コ	コ	コ	コ	コ

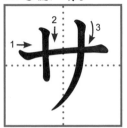

sa 字源：散

字形像中文「卅」，但是片假名的第二畫為短豎筆，第三畫是較長的撇筆。

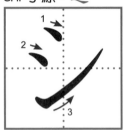

shi 字源：之

字形像中文部首「氵」，但是片假名第二畫的位置最凸出。筆畫距離方面，第一、二畫相距較近，第二、三畫則相距較遠。

su 字源：須

源自中文「須」的楷書，取偏旁「頁」最下端的橫筆，直接連接下方的撇，再將點拉長成短斜筆，形成兩筆畫。

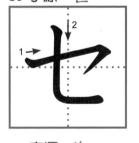

se 字源：世

源自中文「世」的楷書，僅取字源的部分筆畫形成片假名。第一畫橫筆尾端向下倒勾，成為字形的辨識特徵。

★字形比較

 片假名   平假名

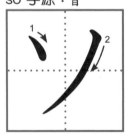

so 字源：曾

第二畫的撇筆落筆位置略高於第一畫，從右上方拉至左下方。

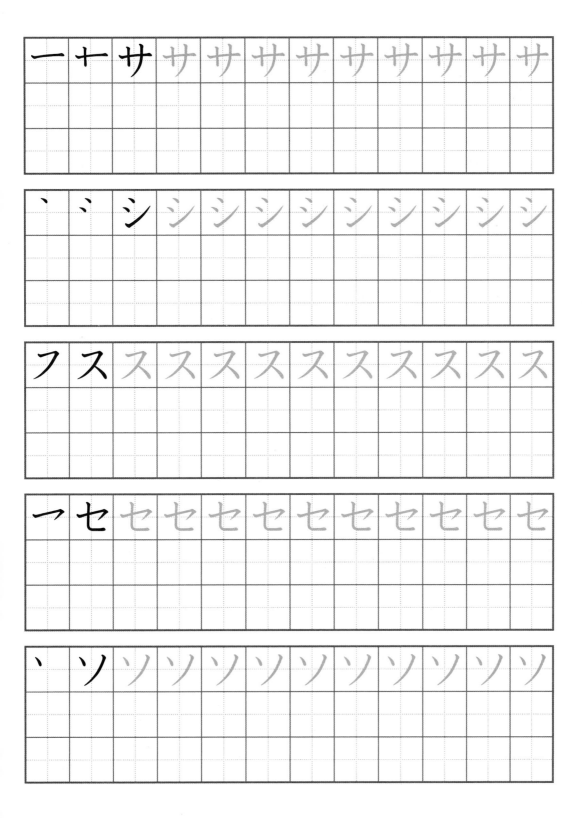

ta 字源：多

最後一畫斜筆的位置，置於前後兩筆畫之間。
★筆畫提醒

 ✗ ✗

chi 字源：千

最後一畫是略帶斜度的一撇，不是筆直的豎筆。

tsu 字源：川

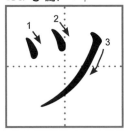

字形像片假名「ソ」，但是多了一點。另外，也很像片假名「シ」的翻轉字。

te 字源：天

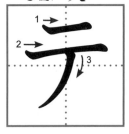

將片假名「チ」的前兩畫一撇一橫都變成橫筆，第三畫撇筆的位置下移，就變成了「テ」。日本郵遞區號的符號「〒」便是從「テ」變化而來。

to 字源：止

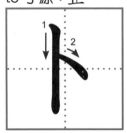

字形像中文「卜」。
★字形比較

 片假名   中文

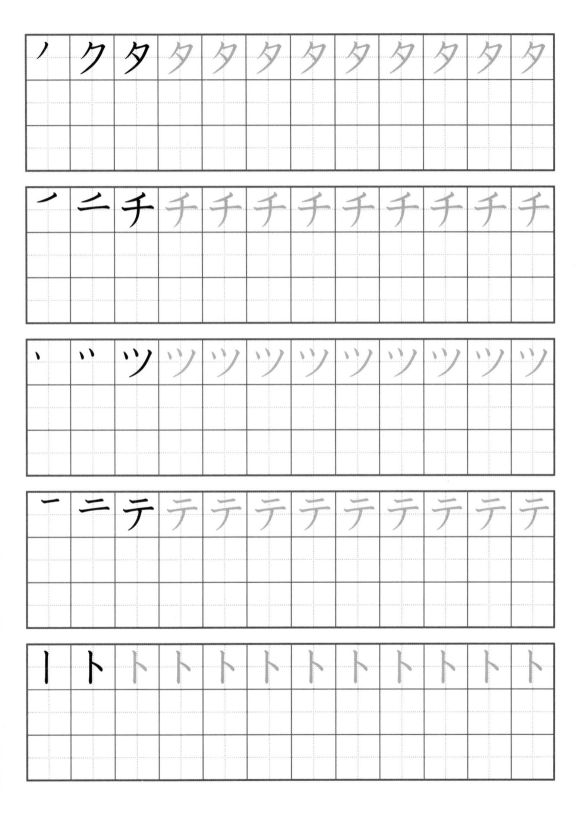

na 字源：奈

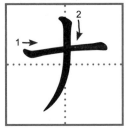

字形像數字「十」，但是片假名的橫筆位置較上方，第二畫豎筆則為撇筆。

ni 字源：二

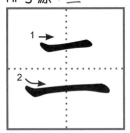

源自中文數字「二」的筆畫，但是片假名橫筆的距離較近。

★字形比較

 片假名

 中文

nu 字源：奴

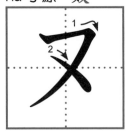

將片假名「ス」右下角的最後一筆移至中間，與撇筆交叉，就會變成「ス」。

ne 字源：祢

源自中文「祢」的楷書，取中文部首「ネ」，拉長橫筆的部分，並且將最後一畫頓筆改成短斜筆。

★字形比較

 片假名

 中文

no 字源：乃

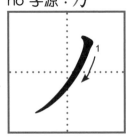

撇筆角度約呈 45 度。

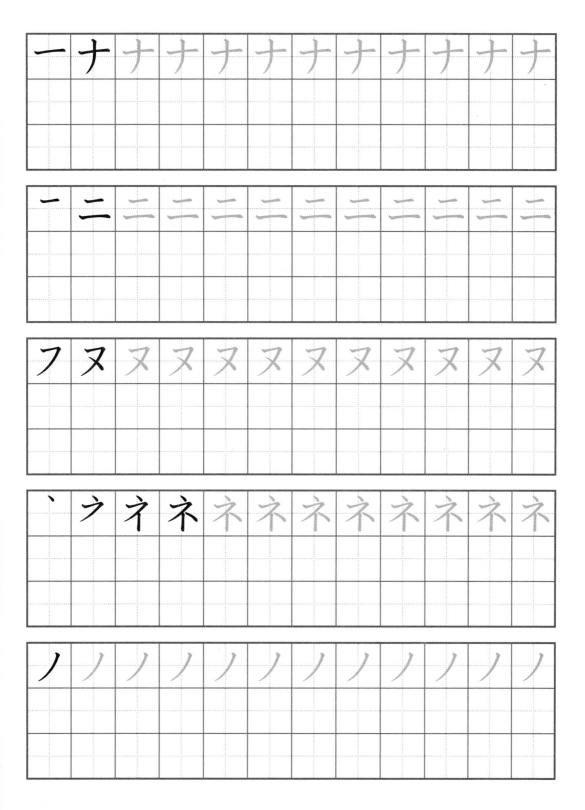

ha 字源：八

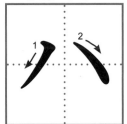

與字源數字「八」相對照，兩筆畫的落筆位置約齊頭，長度接近等長。
★字形比較

 片假名

 中文

hi 字源：比

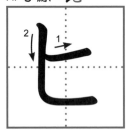

第二畫收筆前沒有勾起。
★筆畫提醒

fu 字源：不

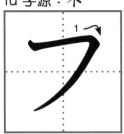

橫筆後直接連接一長撇，以一筆畫完成。

he 字源：部

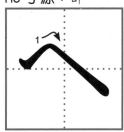

片假名與平假名的字形極為相似。
★字形比較

 片假名

 平假名

ho 字源：保

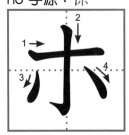

豎筆收筆前可以勾起或不勾起。

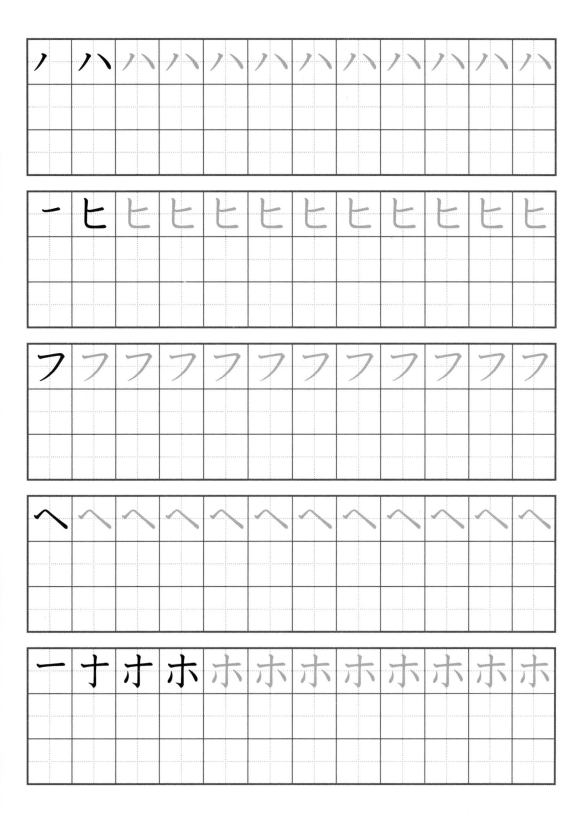

ma 字源：万

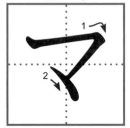

字形像倒三角形，第一畫與片假名「ア」相似，但是角度較大。

★字形比較

 片假名
第一畫角度較大

 片假名
第一畫角度較小

mi 字源：三

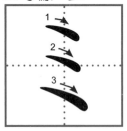

字形由三條平行、長度相近的短斜線組成，不同於片假名「シ」的字形。

mu 字源：牟

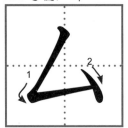

字形像是片假名「マ」倒轉過來，或是注音符號「ㄙ」。

me 字源：女

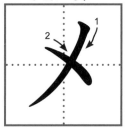

源自中文「女」的楷書。先一撇再作短斜筆交叉，兩條線約呈 90 度。

mo 字源：毛

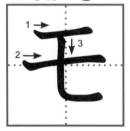

片假名與平假名的字形略微不同，片假名的最後一畫落筆未出頭，收筆前也沒有勾起。

★字形比較

 片假名

 平假名

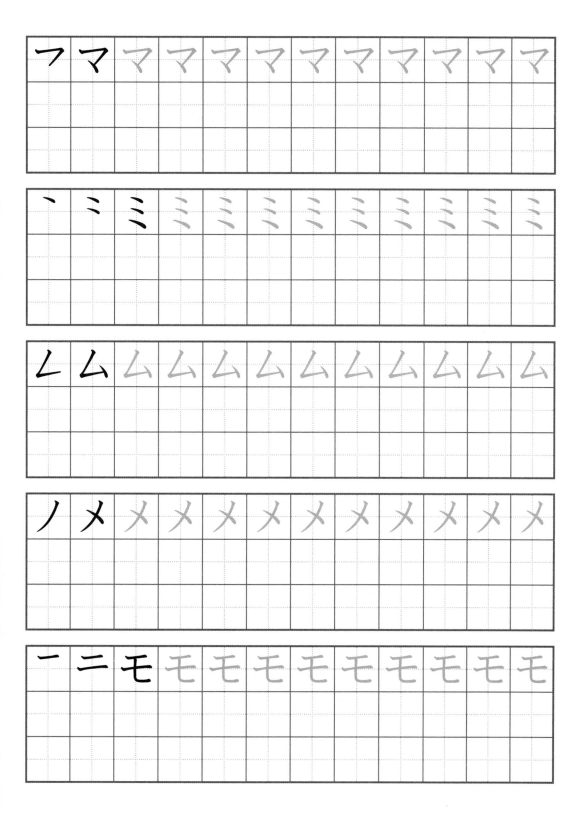

ya 字源：也

字形與平假名「や」相比，少了第二畫，線條由圓潤改為稜角。

★字形比較

 片假名

 平假名

yu 字源：由

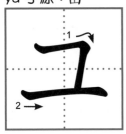

第二畫橫筆的長度必須超出筆畫交接處。

yo 字源：与

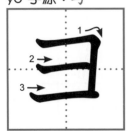

字形像是少了左邊豎筆的「日」字。

★字形比較

 片假名

 中文

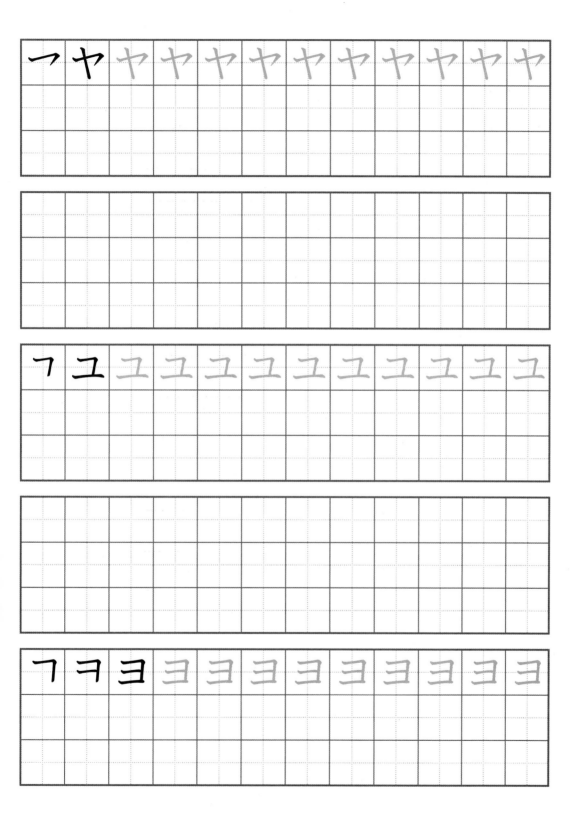

ra 字源：良

一筆短橫，下面再寫上片假名「フ」，就會變成片假名「ラ」。

ri 字源：利

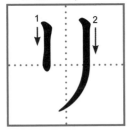

平假名與片假名的字形極為相似，不同的地方是平假名「り」的第一畫豎筆有勾起。

★字形比較

 片假名　　　 平假名

ru 字源：流

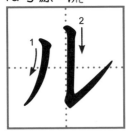

第二畫的落筆位置略高於第一畫，豎筆而下後，呈銳角略帶弧度上提。

re 字源：礼

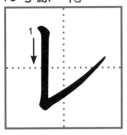

取片假名「ル」的第二畫，字形放大，就會變成片假名「レ」。

ro 字源：呂

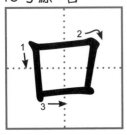

字形像中文「口」。

★字形比較

 片假名　　　 中文

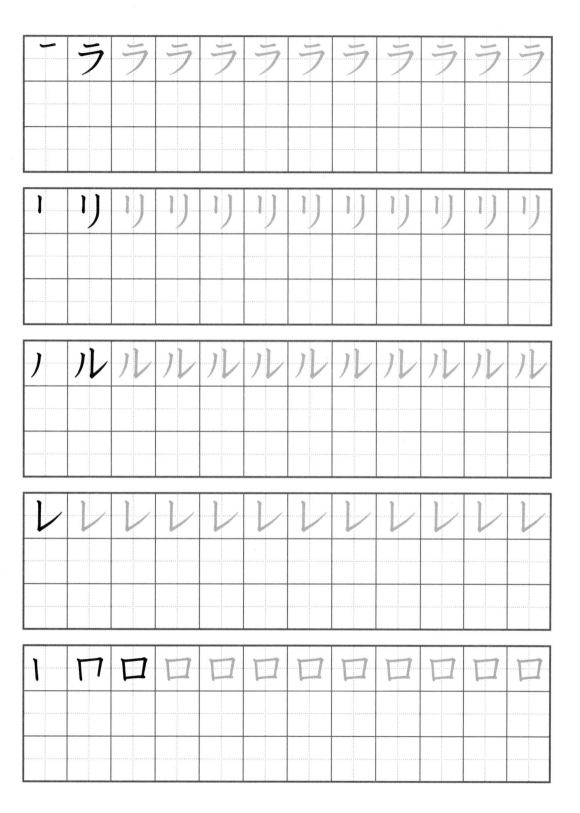

wa 字源：和

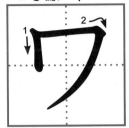

片假名「ウ」上方的短豎筆拿掉，就會變成「ワ」的字形。

o 字源：乎

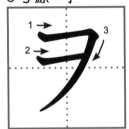

字形乍看有如片假名「フ」的橫筆下方多加一筆短橫，但是筆畫完全不同。

★字形比較

 片假名
撇筆為第三畫

 片假名
一筆畫完成

n 字源：㇡

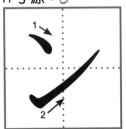

第二畫與片假名「ソ」的方向相反，由左下往右上提，於第一畫下緣收筆。

★筆畫提醒

 ✗

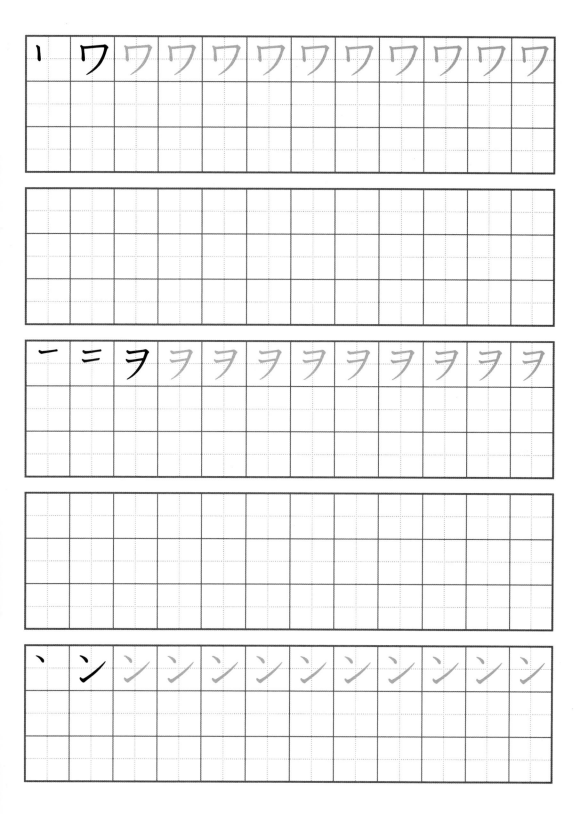

片假名單字練習

アイ 英文字母 I	アイ		

キウイ 奇異果	キウイ		

アイス 冰	アイス		

テスト 測驗	テスト		

ネクタイ 領帯	ネクタイ		

ホチキス 釘書機	ホチキス		

メモ 備忘録	メモ		

ヤク 犛牛	ヤク		

ホテル 飯店	ホテル		

ワイン 葡萄酒	ワイン		

相 似字形對照

平假名

筆畫中有「つ」
つ ち ら
る ろ わ

收筆前打圈
な ぬ ね は
ほ ま よ る

上半邊字形相同
る ろ
う え ら

下半邊字形相同
さ き
そ と

左半邊字形相同
ぬ め
ね れ わ
け に は ほ

右半邊字形相同
ぬ ね

字形相似
こ い り

片假名

<table>
<tr><td colspan="2">筆畫中有「フ」</td></tr>
<tr><td>フ ウ ス</td></tr>
<tr><td>ヌ ラ ワ</td></tr>
</table>

筆畫中有「フ」

フ ウ ス
ヌ ラ ワ

筆畫中有「ノ」

ノ ア イ カ
ケ ソ ツ テ メ

筆畫中有「ナ」

サ チ ナ

與平假名字形相似

り リ

字形相似

ヤ セ
ル レ
ク タ ケ
シ ミ ツ
ア マ ム
ユ ヨ ヲ
ス ヌ メ
ウ ワ フ ラ
チ テ ナ ラ
ソ ツ ン ハ

濁音的發音比清音重、濁，字形特徵是右上方多了二點。日語假名中共有二十個濁音，分別由か行、さ行、た行、は行變化而來。另外，は行也變化出五個僅有的半濁音，發音介於清音與濁音之間，字形特徵是右上方多了一個圈。

平假名

段 行		あ段 a	い段 i	う段 u	え段 e	お段 o
が行	g	ga が	gi ぎ	gu ぐ	ge げ	go ご
ざ行	z	za ざ	ji じ	zu ず	ze ぜ	zo ぞ
だ行	d	da だ	ji ぢ	zu づ	de で	do ど
ば行	b	ba ば	bi び	bu ぶ	be べ	bo ぼ

ぱ行	p	pa ぱ	pi ぴ	pu ぷ	pe ぺ	po ぽ

片假名

	段	ア段		イ段		ウ段		エ段		オ段	
行		a		i		u		e		o	
ガ行	g	ga	ガ	gi	ギ	gu	グ	ge	ゲ	go	ゴ
ザ行	z	za	ザ	ji	ジ	zu	ズ	ze	ゼ	zo	ゾ
ダ行	d	da	ダ	ji	ヂ	zu	ヅ	de	デ	do	ド
バ行	b	ba	バ	bi	ビ	bu	ブ	be	ベ	bo	ボ

		ア段		イ段		ウ段		エ段		オ段	
パ行	p	pa	パ	pi	ピ	pu	プ	pe	ペ	po	ポ

濁音・半濁音習字

ga
が

が が が が が が が が が が

gi
ぎ

ぎ ぎ ぎ ぎ ぎ ぎ ぎ ぎ ぎ ぎ

gu
ぐ

ぐ ぐ ぐ ぐ ぐ ぐ ぐ ぐ ぐ ぐ

ge
げ

げ げ げ げ げ げ げ げ げ げ

go
ご

ご ご ご ご ご ご ご ご ご ご

ga

ガ

ギ ギ ギ ギ ギ ギ ギ ギ ギ ギ

gi

ギ

グ グ グ グ グ グ グ グ グ グ

gu

グ

ゲ ゲ ゲ ゲ ゲ ゲ ゲ ゲ ゲ ゲ

ge

ゲ

ゴ ゴ ゴ ゴ ゴ ゴ ゴ ゴ ゴ ゴ

go

ゴ

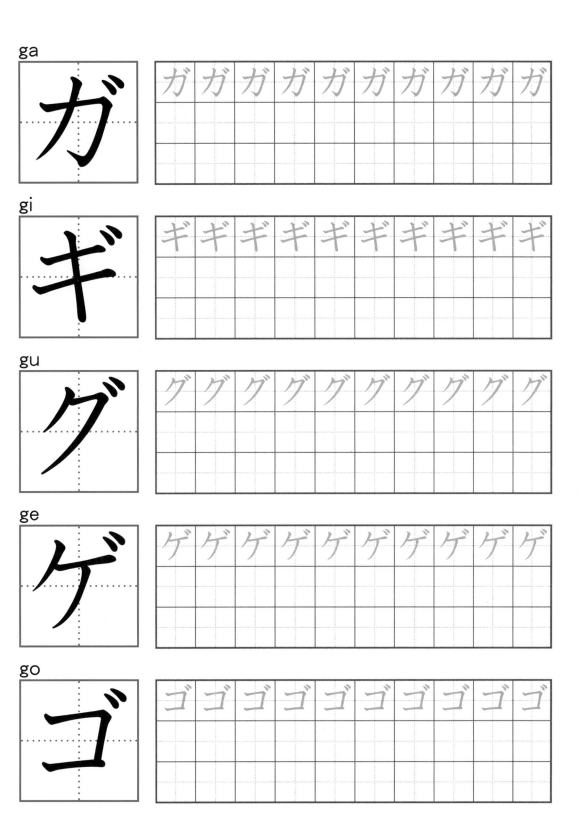

za

ざ

ざ ざ ざ ざ ざ ざ ざ ざ ざ ざ

ji

じ

じ じ じ じ じ じ じ じ じ じ

zu

ず

ず ず ず ず ず ず ず ず ず ず

ze

ぜ

ぜ ぜ ぜ ぜ ぜ ぜ ぜ ぜ ぜ ぜ

zo

ぞ

ぞ ぞ ぞ ぞ ぞ ぞ ぞ ぞ ぞ ぞ

za

ジ ji

zu

ze

zo

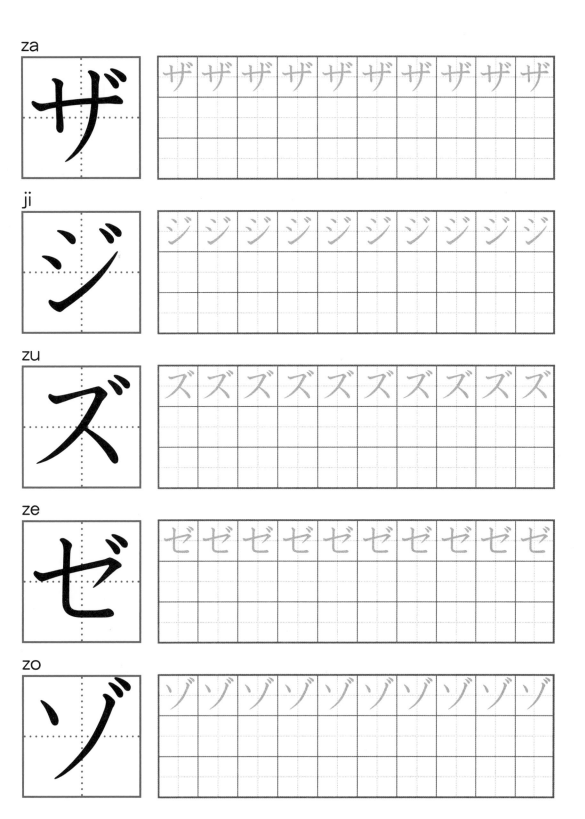

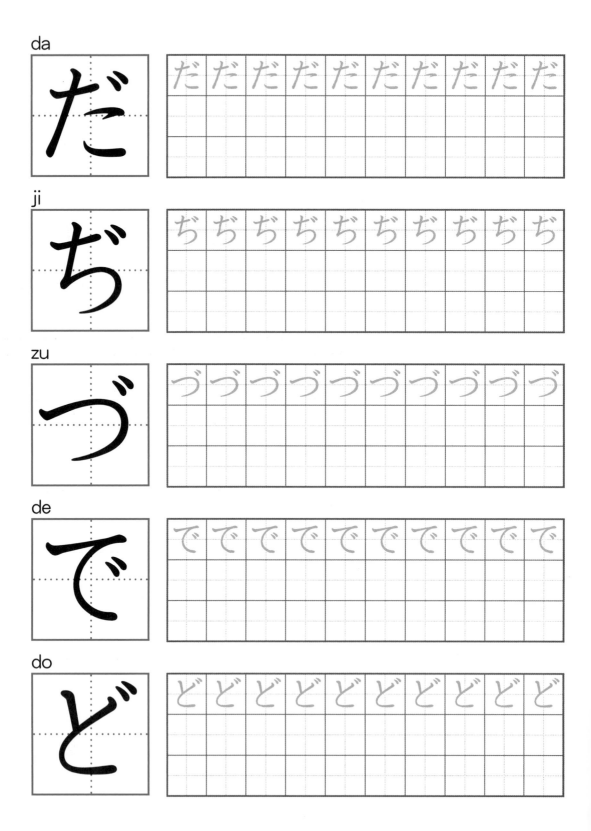

da

ダ

ダ	ダ	ダ	ダ	ダ	ダ	ダ	ダ	ダ	ダ

ji

ヂ

ヂ	ヂ	ヂ	ヂ	ヂ	ヂ	ヂ	ヂ	ヂ	ヂ

zu

ヅ

ヅ	ヅ	ヅ	ヅ	ヅ	ヅ	ヅ	ヅ	ヅ	ヅ

de

デ

デ	デ	デ	デ	デ	デ	デ	デ	デ	デ

do

ド

ド	ド	ド	ド	ド	ド	ド	ド	ド	ド

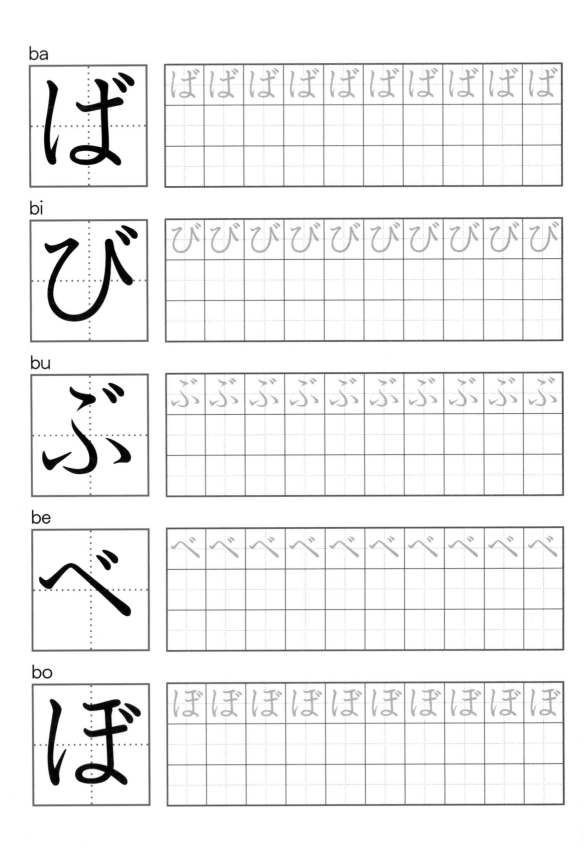

ba

bi

bu

be

bo

ba

バ

bi

ビ

bu

ブ

be

ベ

bo

ボ

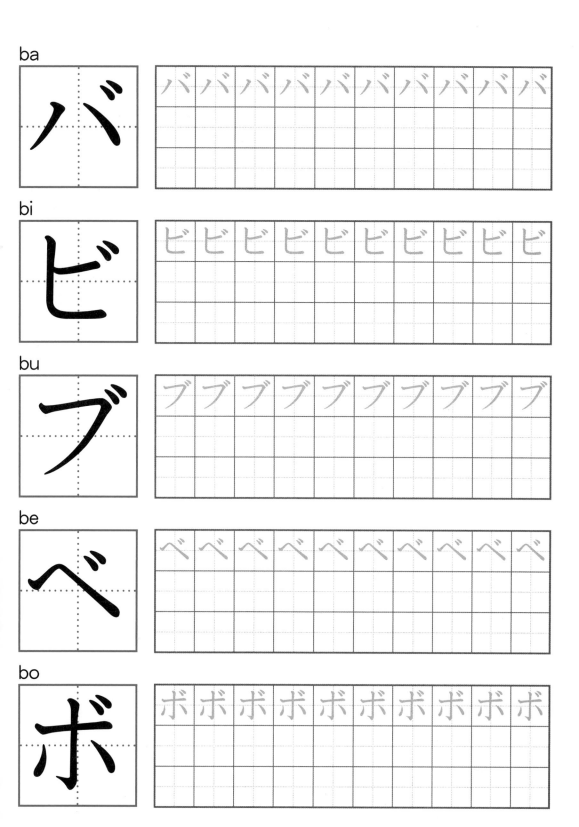

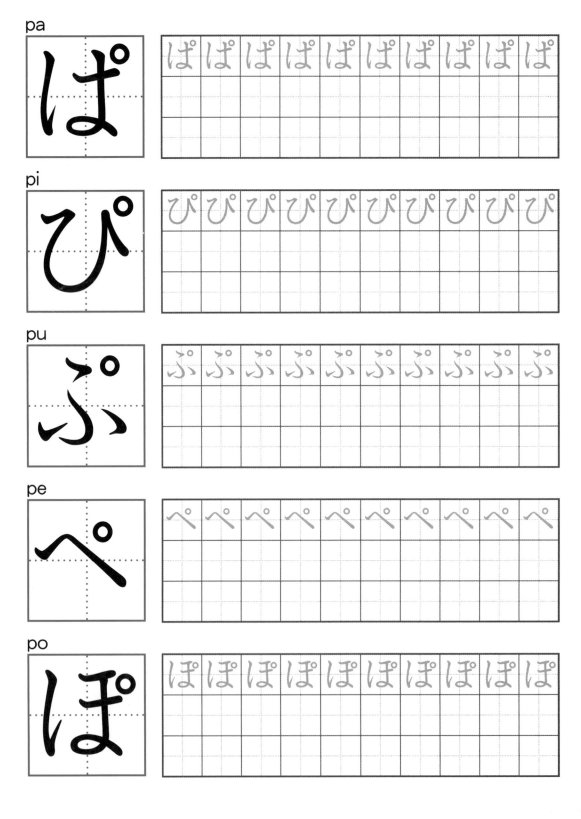

pa

pi

pu

pe

po

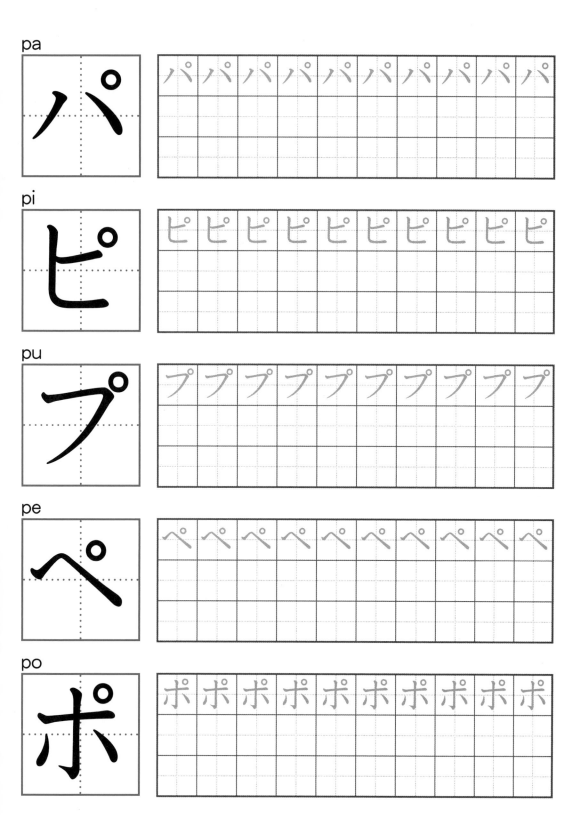

pa パ

pi ピ

pu プ

pe ペ

po ポ

濁音・半濁音單字練習

かぎ 鑰匙	かぎ		
じかん 時間	じかん		
でぐち 出口	でぐち		
ばんごう 號碼	ばんごう		
しんぶん 報紙	しんぶん		
えんぴつ 鉛筆	えんぴつ		

けしゴム 橡皮擦	けしゴム		

サイズ 尺寸	サイズ		

ゼロ 數字0	ゼロ		

ドア 門	ドア		

バス 巴士	バス		

ペン 筆	ペン		

拗音基本介紹

拗音由兩個假名共同組成，第一個假名提供子音，取自各行的い段音；第二個假名提供母音，取「や、ゆ、よ」其中一個字。字形特徵是「や」、「ゆ」、「よ」必須略為縮小，置於前面假名的右下方，但是橫式書寫與直式書寫的拗音位置略微不同。清音除了「い」，濁音除了「ぢ」，其餘各行的い段音都有拗音的變化。半濁音的い段音「ぴ」也有拗音的變化。注意さ行的「し」、た行的「ち」，以及濁音的「じ」，為了更接近實際發音，羅馬拼音作了不規則變化。

平假名

い段（子音）	や行（母音）	や / ya		ゆ / yu		よ / yo	
き	k	kya	きゃ	kyu	きゅ	kyo	きょ
ぎ	g	gya	ぎゃ	gyu	ぎゅ	gyo	ぎょ
し	s	sha	しゃ	shu	しゅ	sho	しょ
じ	z	ja	じゃ	ju	じゅ	jo	じょ
ち	t	cha	ちゃ	chu	ちゅ	cho	ちょ
に	n	nya	にゃ	nyu	にゅ	nyo	にょ
ひ	h	hya	ひゃ	hyu	ひゅ	hyo	ひょ
び	b	bya	びゃ	byu	びゅ	byo	びょ
ぴ	p	pya	ぴゃ	pyu	ぴゅ	pyo	ぴょ
み	m	mya	みゃ	myu	みゅ	myo	みょ
り	r	rya	りゃ	ryu	りゅ	ryo	りょ

片假名

ヤ行（母音） イ段（子音）		ヤ ya		ユ yu		ヨ yo	
キ	k	kya	キャ	kyu	キュ	kyo	キョ
ギ	g	gya	ギャ	gyu	ギュ	gyo	ギョ
シ	s	sha	シャ	shu	シュ	sho	ショ
ジ	z	ja	ジャ	ju	ジュ	jo	ジョ
チ	t	cha	チャ	chu	チュ	cho	チョ
ニ	n	nya	ニャ	nyu	ニュ	nyo	ニョ
ヒ	h	hya	ヒャ	hyu	ヒュ	hyo	ヒョ
ビ	b	bya	ビャ	byu	ビュ	byo	ビョ
ピ	p	pya	ピャ	pyu	ピュ	pyo	ピョ
ミ	m	mya	ミャ	myu	ミュ	myo	ミョ
リ	r	rya	リャ	ryu	リュ	ryo	リョ

kya

き や

き ゃ き ゃ き ゃ

kyu

き ゆ

き ゅ き ゅ き ゅ

kyo

き ょ

き ょ き ょ き ょ

kya

き や

き ゃ

kyu

き ゆ

き ゅ

kyo

き よ

き ょ

kya

キ ャ

キャ キャ キャ

kyu

キ ユ

キュ キュ キュ

kyo

キ ヨ

キョ キョ キョ

kya

キ
ャ

キ
ャ

kyu

キ
ユ

キ
ユ

kyo

キ
ヨ

キ
ヨ

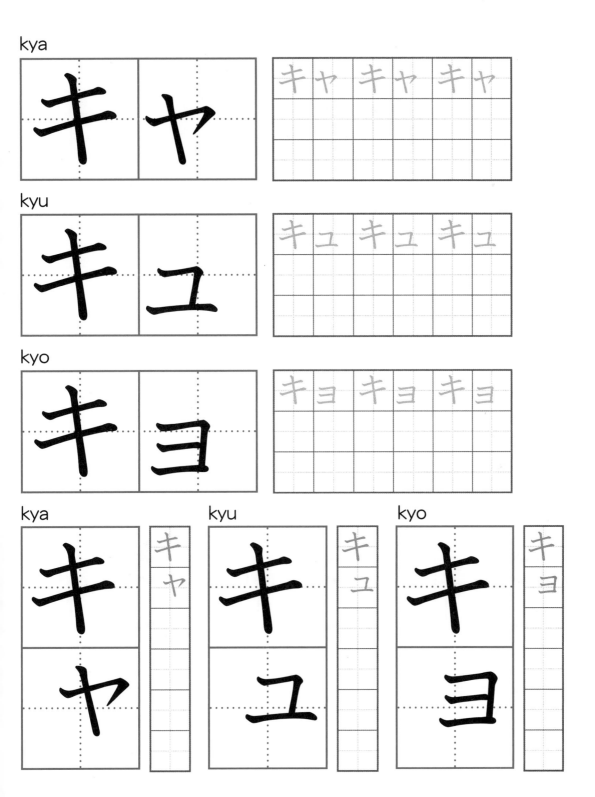

gya

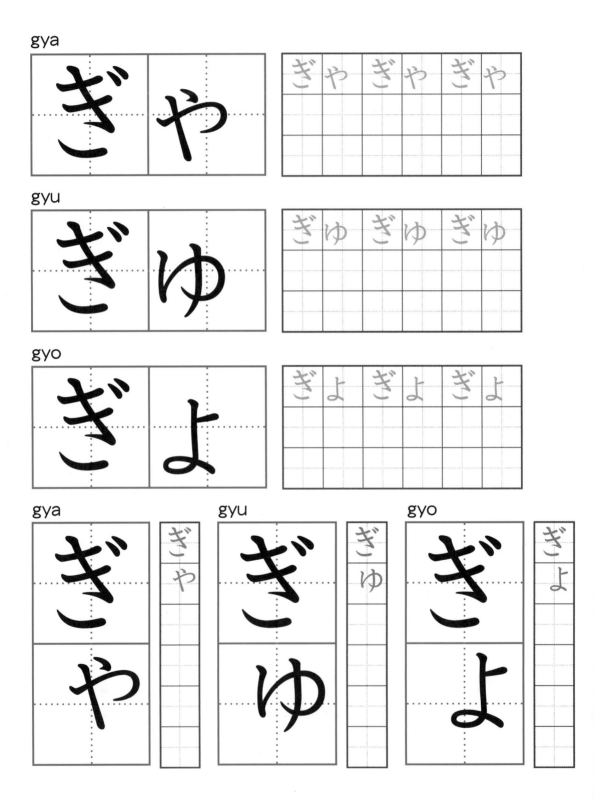

gyu

gyo

gya　　　　gyu　　　　gyo

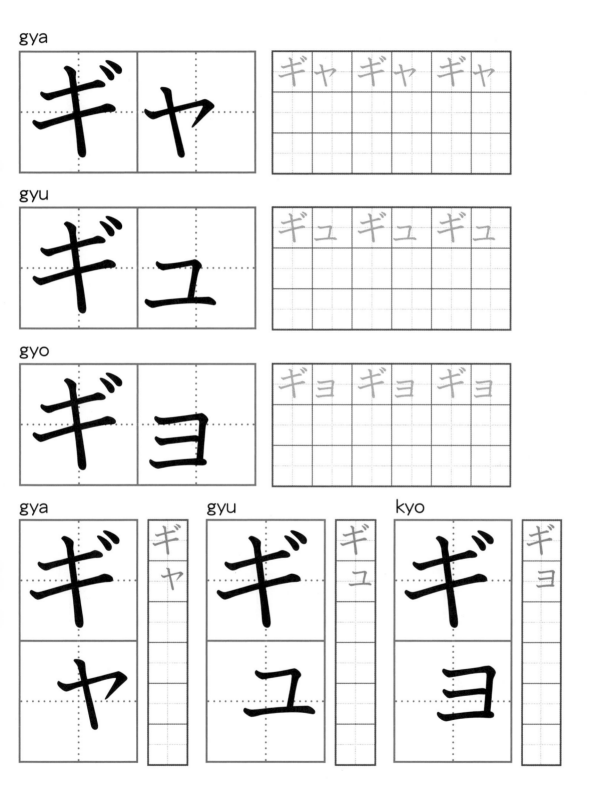

gya

gyu

gyo

gya

gyu

kyo

sha

しゃ

しゃ しゃ しゃ

shu

しゅ

しゅ しゅ しゅ

sho

しょ

しょ しょ しょ

sha

しゃ

しゃ

shu

しゅ

しゅ

sho

しょ

しょ

sha

シャ | シャ | シャ | シャ

shu

シュ | シュ | シュ | シュ

sho

ショ | ショ | ショ | ショ

sha

シャ | シャ

shu

シュ | シュ

sho

ショ | ショ

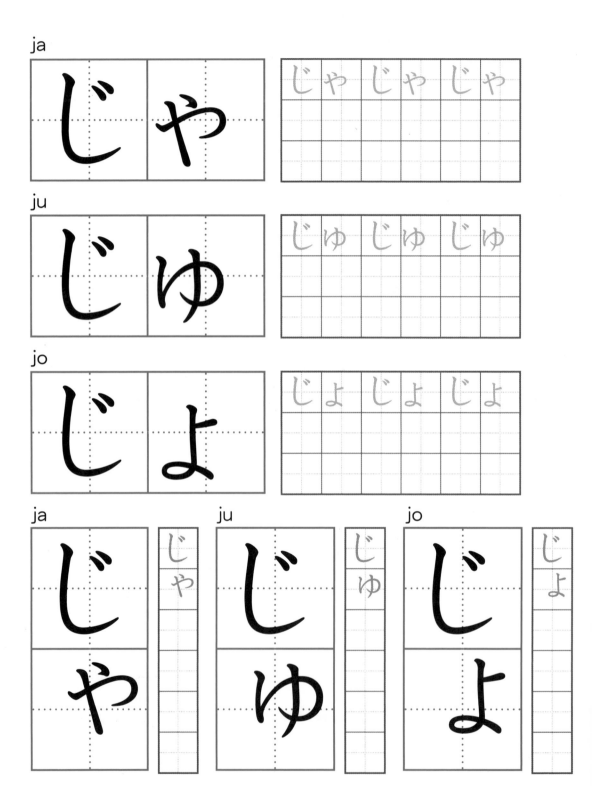

ja じゃ じゃ じゃ じゃ

ju じゅ じゅ じゅ じゅ

jo じょ じょ じょ じょ

ja じゃ じゃ

ju じゅ じゅ

jo じょ じょ

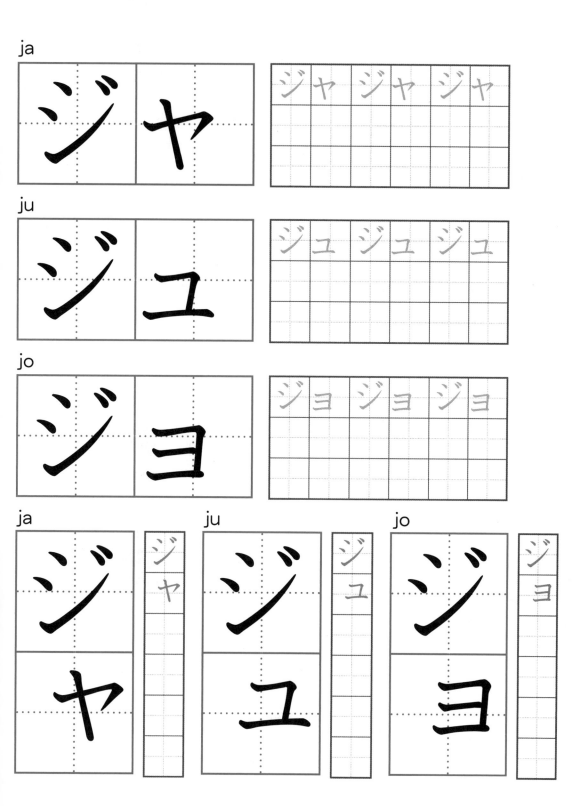

ja

ジャ

ju

ジュ

jo

ジョ

ja

ju

jo

cha

ちゃ

ちゃ ちゃ ちゃ

chu

ちゅ

ちゅ ちゅ ちゅ

cho

ちょ

ちょ ちょ ちょ

cha

ちゃ

ちゃ

chu

ちゅ

ちゅ

cho

ちょ

ちょ

cha

チャ

chu

チュ

cho

チョ

cha

チ
ャ

chu

チ
ュ

cho

チ
ョ

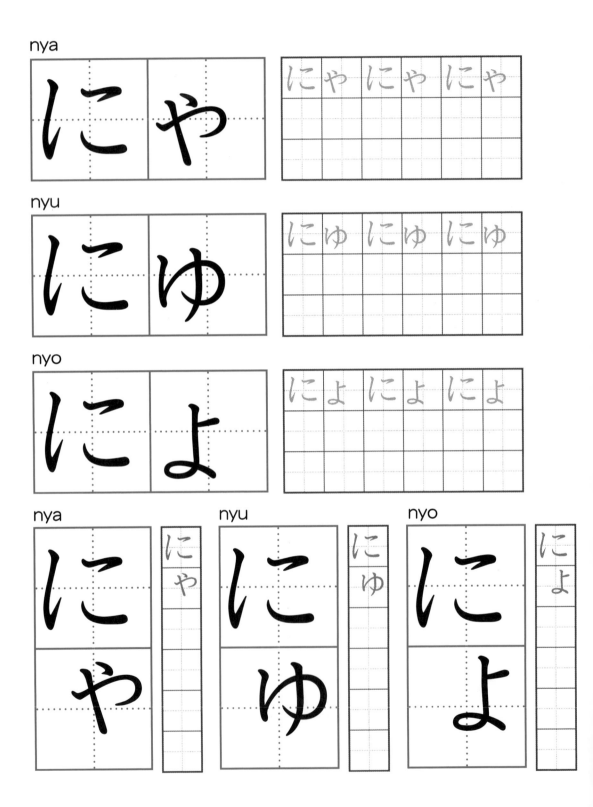

nya

にゃ　にゃ　にゃ

nyu

にゅ　にゅ　にゅ

nyo

によ　によ　によ

nya

nyu

nyo

nya

nyu

nyo

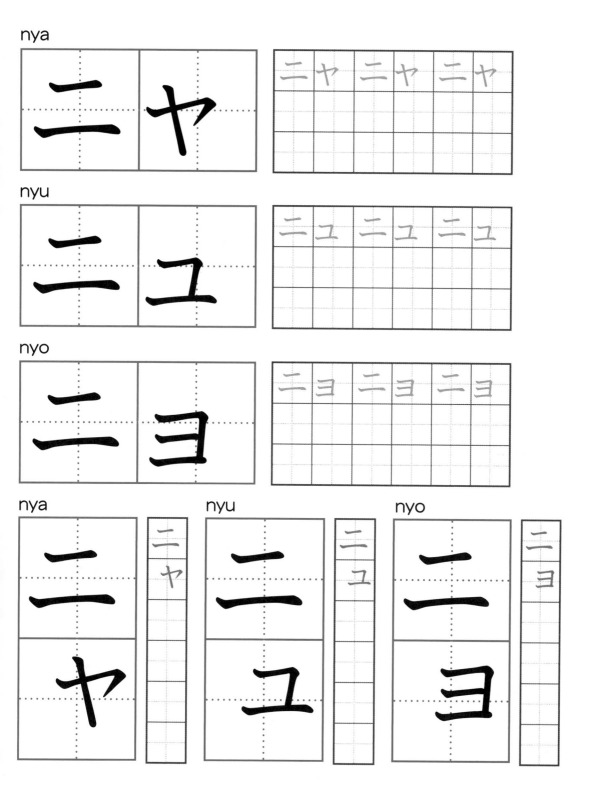

nya

nyu

nyo

hya

ひゃ　ひゃ　ひゃ　ひゃ

hyu

ひゅ　ひゅ　ひゅ　ひゅ

hyo

ひょ　ひょ　ひょ　ひょ

hya

ひ　ひ
や　や

hyu

ひ　ひ
ゆ　ゆ

hyo

ひ　ひ
ょ　ょ

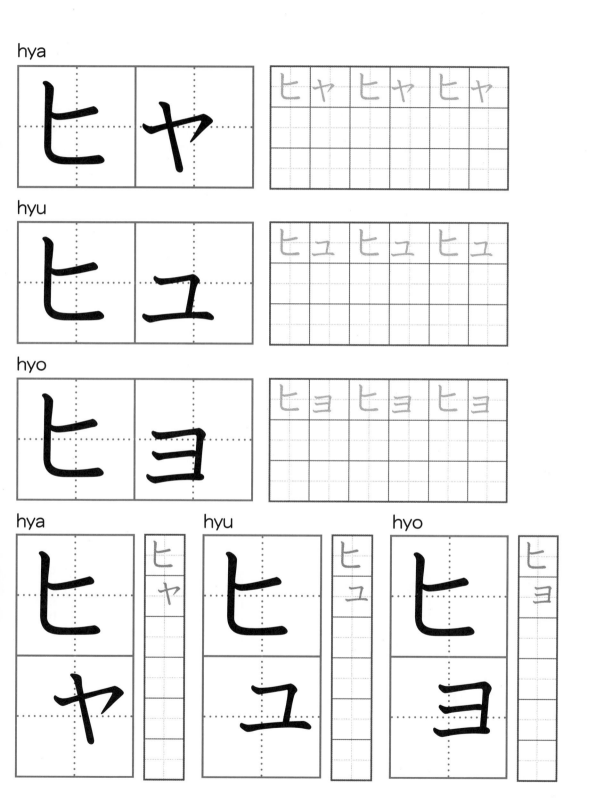

hya

hyu

hyo

hya

hyu

hyo

bya

びゃ

びゃ びゃ びゃ

byu

びゅ

びゅ びゅ びゅ

byo

びょ

びょ びょ びょ

bya

び
ゃ

びゃ

byu

び
ゅ

びゅ

byo

び
ょ

びょ

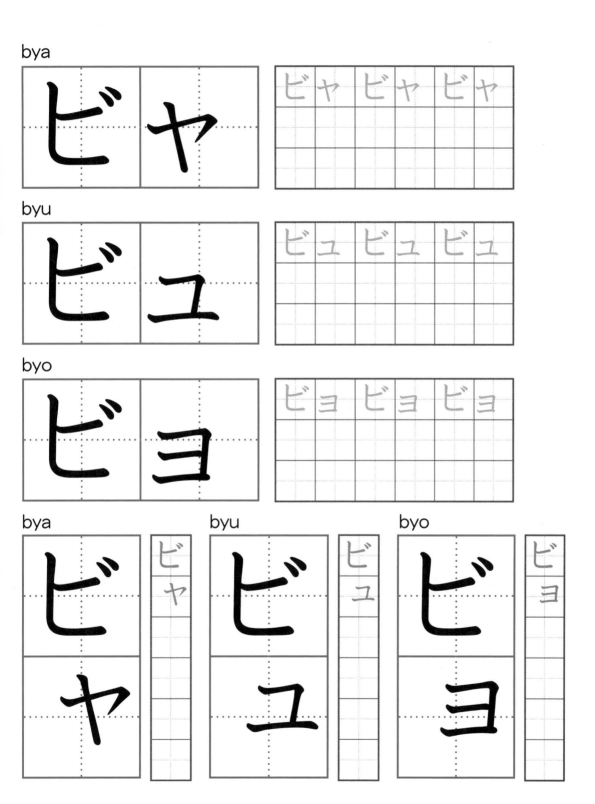

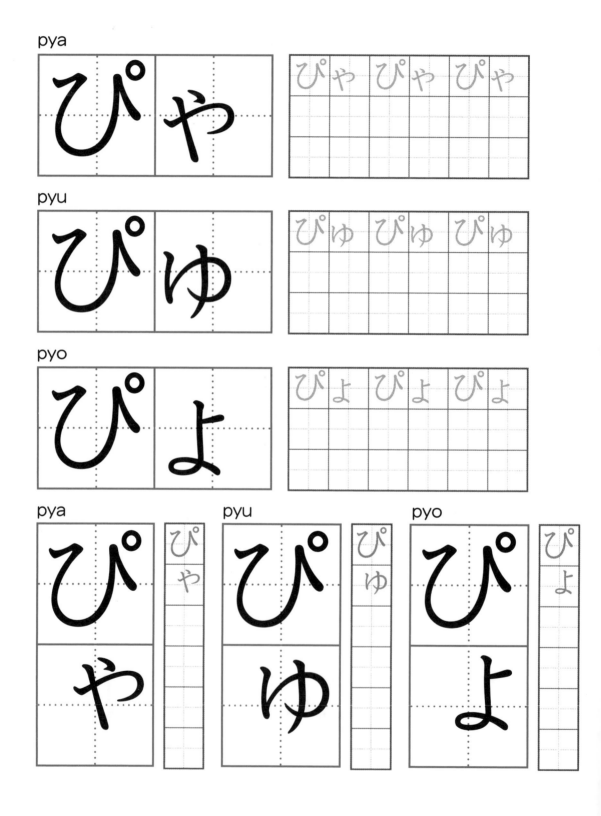

pya

ぴゃ　ぴゃ　ぴゃ

pyu

ぴゅ　ぴゅ　ぴゅ

pyo

ぴょ　ぴょ　ぴょ

pya

ぴゃ　ぴゃ

pyu

ぴゅ　ぴゅ

pyo

ぴょ　ぴょ

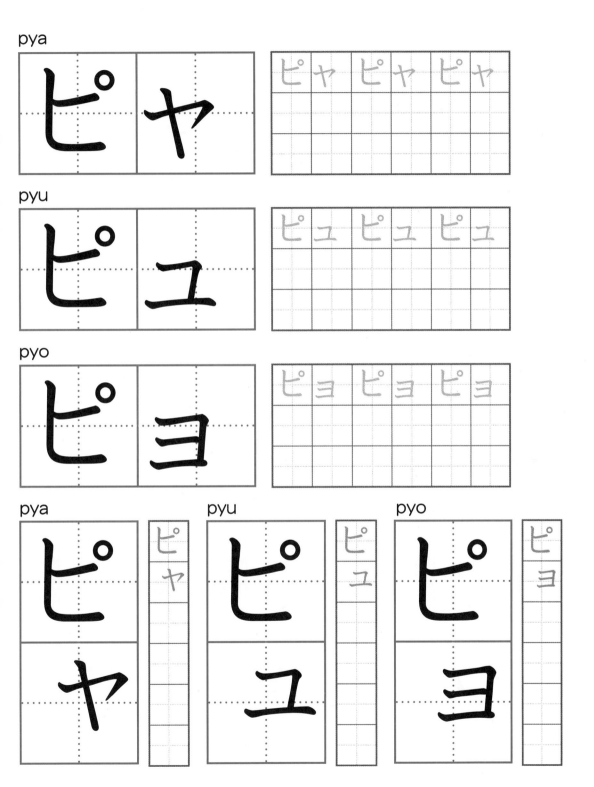

pya

ピ ャ

pyu

ピ ュ

pyo

ピ ョ

pya

ピ ャ

pyu

ピ ュ

pyo

ピ ョ

mya

みゃ

みゃ みゃ みゃ

myu

みゅ

みゅ みゅ みゅ

myo

みょ

みょ みょ みょ

mya

みゃ

みゃ

myu

みゅ

みゅ

myo

みょ

みょ

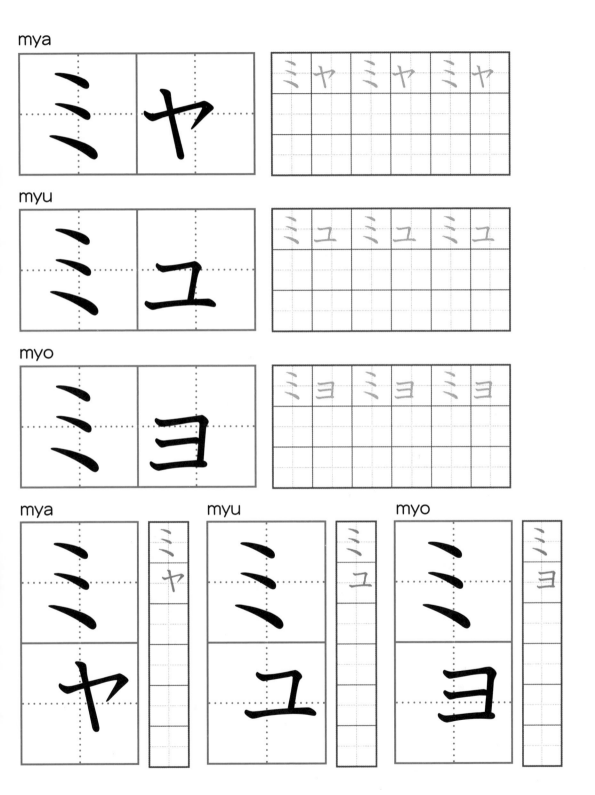

mya

myu

myo

mya

myu

myo

rya

りゃ

りゃ りゃ りゃ

ryu

りゅ

りゅ りゅ りゅ

ryo

りょ

りょ りょ りょ

rya

りゃ

り
ゃ

ryu

りゅ

り
ゅ

ryo

りょ

り
ょ

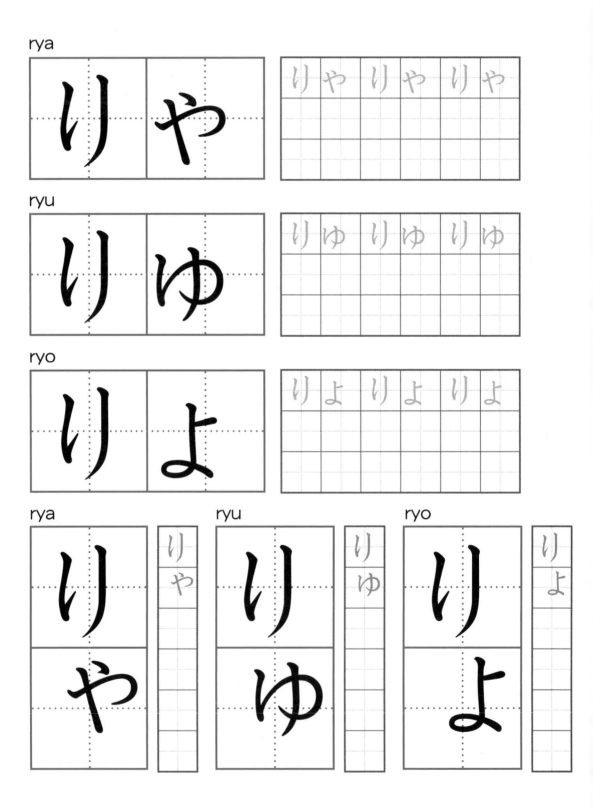

rya

リャ

リャ リャ リャ

ryu

リュ

リュ リュ リュ

ryo

リョ

リョ リョ リョ

rya

リ
ヤ

リ
ヤ

ryu

リ
ュ

リ
ュ

ryo

リ
ョ

リ
ョ

特殊拗音基本介紹

Track 04

片假名經常用於表現發音相似的外來語，為了盡量趨近原本的發音，出現了一些特殊的拗音來標示外國的人名、地名或專有名詞等，例如：叉子「フォーク」原文 folk，天使「エンジェル」原文 angle。

ア行 （母音） 不規則 （子音）		ア a	イ i	ウ u	エ e	オ o
イ	i				ie イェ	
ウ	u		ui ウィ		ue ウェ	uo ウォ
ク	ku	kua クァ	kui クィ		kue クェ	kuo クォ
グ	gu	gua グァ				
シ	shi				shie シェ	
ジ	ji				jie ジェ	
チ	chi				chie チェ	
ツ	tsu	tsua ツァ	tsui ツィ		tsue ツェ	tsuo ツォ
テ	te		tei ティ			
デ	de		dei ディ			
ド	do			dou ドゥ		
フ	fu	fua ファ	fui フィ		fue フェ	fuo フォ

常見特殊拗音習字

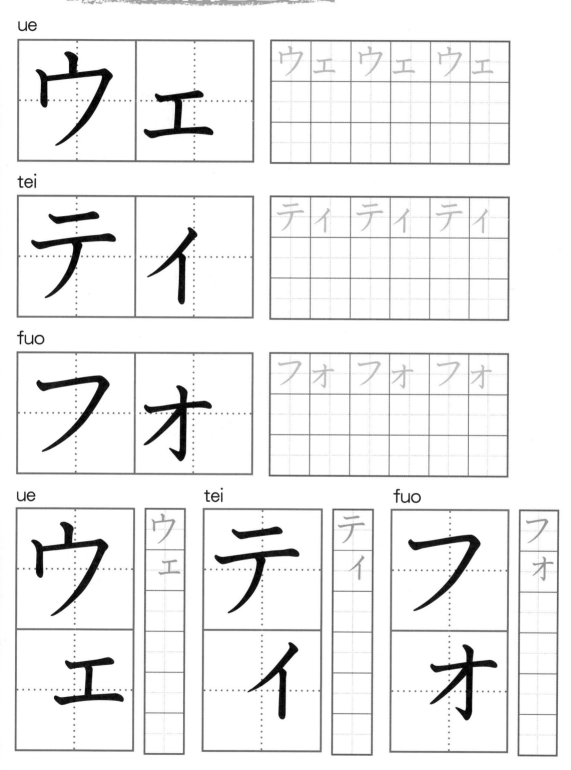

ue
ウェ　ウェ　ウェ　ウェ

tei
ティ　ティ　ティ　ティ

fuo
フォ　フォ　フォ　フォ

ue
ウェ　ウェ

tei
ティ　ティ

fuo
フォ　フォ

拗音單字練習

きんぎょ 金魚	きんぎょ		

しゃしん 照片	しゃしん		

おちゃ 茶	おちゃ		

ひゃく 一百 100	ひゃく		

さんみゃく 山脈	さんみゃく		

りょかん 旅館	りょかん		

キャベツ 高麗菜	キャベツ		

ジャム 果醬	ジャム		

ジョギング 慢跑	ジョギング		

チャンス 機會	チャンス		

ソフトウェア 軟體	ソフトウェア		

フォーク 叉子	フォーク		

長音基本介紹

　　長音的特徵是母音延長一拍，發音時維持嘴形不變。平假名的長音是依段別在字後分別加上あ、い、う、え、お。按照規則，え段音和お段音應該分別以「え」、「お」為長音表記，但是在現代日語中，え段音後面加「い」、お段音後面加「う」，反而成了主要形式，例如：英語「えいご」、昨天「きのう」。片假名的長音標示符號，橫式書寫是「一橫」，例如：計程車「タクシー」，直式書寫則是「一豎」。羅馬拼音方面，則是在母音的上方加橫線。

平假名

あ段＋あ	い段＋い	う段＋う	え段＋え/い	お段＋お/う
ā	ī	ū	ē	ō
ああ	いい	うう	ええ/えい	おお/おう
かあ	きい	くう	けえ/けい	こお/こう
さあ	しい	すう	せえ/せい	そお/そう
たあ	ちい	つう	てえ/てい	とお/とう
なあ	にい	ぬう	ねえ/ねい	のお/のう
はあ	ひい	ふう	へえ/へい	ほお/ほう
まあ	みい	むう	めえ/めい	もお/もう
やあ		ゆう		よお/よう
らあ	りい	るう	れえ/れい	ろお/ろう
わあ				

片假名

ア段＋ー	イ段＋ー	ウ段＋ー	エ段＋ー	オ段＋ー
ā	ī	ū	ē	ō
アー	イー	ウー	エー	オー
カー	キー	クー	ケー	コー
サー	シー	スー	セー	ソー
ター	チー	ツー	テー	トー
ナー	ニー	ヌー	ネー	ノー
ハー	ヒー	フー	ヘー	ホー
マー	ミー	ムー	メー	モー
ヤー		ユー		ヨー
ラー	リー	ルー	レー	ロー
ワー				

ā

ア ー

アーアーアー

ī

イ ー

イーイーイー

ū

ウ ー

ウーウーウー

ē

エ ー

エーエーエー

ō

オ ー

オーオーオー

ā

アー

ī

イー

ū

ウー

ē

エー

ō

オー

請運用「長音單字練習」更加熟悉長音

長音單字練習

えいご 英語	えいご		
くうこう 機場	くうこう		
そうじ 打掃	そうじ		
ふうとう 信封	ふうとう		
しょうゆ 醬油	しょうゆ		
れいぞうこ 冰箱	れいぞうこ		

104

ケーキ 蛋糕	ケーキ		

タクシー 計程車	タクシー		

ノート 筆記本	ノート		

メール 電子郵件	メール		

エスカレーター 電扶梯	エスカレーター		

シャワー 淋浴	シャワー		

促音基本介紹

促音表示停頓一拍不發音。字形特徵是「つ」略為縮小，置於前一假名的右下方，但須留意橫式書寫與直式書寫的促音位置不同。羅馬拼音標示方法，是重複接續促音的子音。例如：票「きっぷ」羅馬拼音為 kippu，床「ベッド」羅馬拼音為 beddo。

促音習字

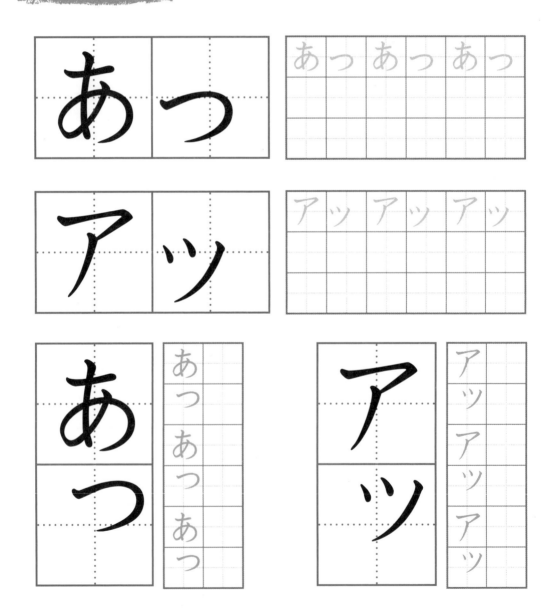

促音單字練習

がっこう 學校	がっこう		

きって 郵票	きって		

せっけん 肥皂	せっけん		

カップ 杯子	カップ		

スリッパ 室內拖鞋	スリッパ		

ティッシュ 面紙	ティッシュ		

綜合練習

1. 連連看

將相對應的平假名與片假名連接起來。

(1) る　　(2) う　　(3) ぬ　　(4) わ　　(5) れ　　(6) し　　(7) ろ　　(8) ね

① ワ　　② シ　　③ レ　　④ ウ　　⑤ ル　　⑥ ロ　　⑦ ネ　　⑧ ヌ

2. 平假名練習

根據下列字彙的羅馬拼音，寫出相對應的平假名。

(1) _____　　(2) _____　　(3) _____　　(4) _____　　(5) _____

　sakura　　　deguchi　　　ocha　　　　ēgo　　　　kitte
　櫻花　　　　出口　　　　　茶　　　　　英語　　　　郵票

3. 片假名練習

根據下列字彙的羅馬拼音，寫出相對應的片假名。

(1) _____　　(2) _____　　(3) _____　　(4) _____　　(5) _____

　wain　　　　saizu　　　　fōku　　　　mēru　　　　kappu
　葡萄酒　　　尺寸　　　　叉子　　　　電子郵件　　杯子

4. 字彙練習

練習書寫以下字彙，並觀察字彙中清音、撥音、濁音、拗音以及長音的要素。

◆ 數字

(1)（いち）　(2)（に）　　(3)（さん）　(4)（し）　　(5)（ご）
　　1　　　　　2　　　　　3　　　　　4　　　　　5

(6)（ろく）　(7)（しち）　(8)（はち）　(9)（きゅう）　(10)（じゅう）
　　6　　　　　7　　　　　8　　　　　9　　　　　10

◆ 家人

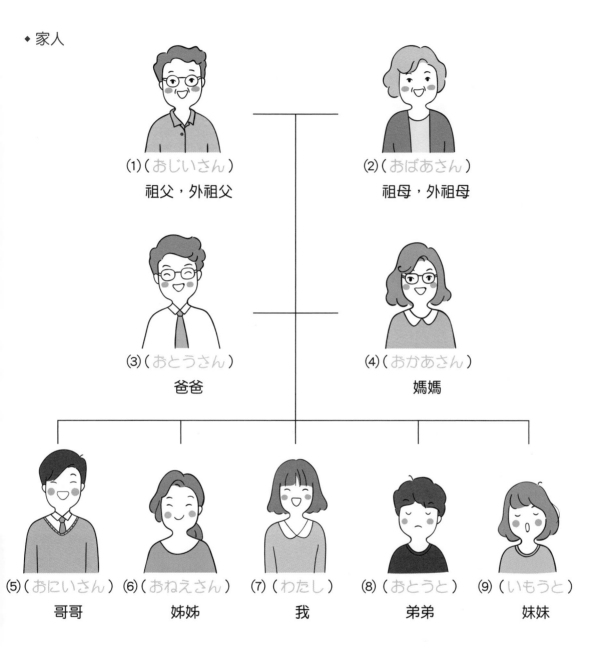

(1)（おじいさん）
祖父，外祖父

(2)（おばあさん）
祖母，外祖母

(3)（おとうさん）
爸爸

(4)（おかあさん）
媽媽

(5)（おにいさん）
哥哥

(6)（おねえさん）
姊姊

(7)（わたし）
我

(8)（おとうと）
弟弟

(9)（いもうと）
妹妹

❖ 綜合練習解答

1. (1) ⑤　(2) ④　(3) ⑧　(4) ①　(5) ③　(6) ②　(7) ⑥　(8) ⑦

2. (1) さくら　(2) でぐち　(3) おちゃ　(4) えいご　(5) きって

3. (1) ワイン　(2) サイズ　(3) フォーク　(4) メール　(5) カップ

JLPT 滿分進擊

新日檢制霸！
N3 ～ N5 單字速記王

全面制霸新日檢！
赴日打工度假、交換留學、求職加薪不再是夢想！

三民日語編輯小組／彙編　眞仁田 榮治／審訂

集結新制日檢常考字彙，搭配情境生動的實用情境句，延伸文
法、詞意辨析等出題重點，輔以趣味性插圖補充主題式單字，讓
考生輕鬆掌握測驗科目中的「言語知識（文字・語彙・文法）」。
隨書提供 MP3 朗讀音檔下載。

日本語大好き：
我愛日本語 Ⅰ～Ⅳ

e 日本語教育研究所／編著
白寄 まゆみ／監修

課文情節與呈現猶如故事書，打破一般教科書思維，同時網羅日語能力測驗 3 級（N4）～ 4 級（N5）單字及文法，多元延伸學習單元，著重日語實力養成，並隨書附贈優質雙 CD。

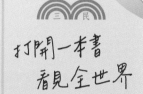

國家圖書館出版品預行編目資料

輕鬆上手！日語五十音習字帖／三民日語編輯小組編
著.－－二版三刷.－－臺北市：三民，2024
面；　公分.－－（獨學日本語系列）

ISBN 978－957－14－7232－4（平裝）
1. 日語 2. 語音 3. 假名

803.1134　　　　　　　　　　　　110010684

独学 日本語 系列

輕鬆上手！日語五十音習字帖

編 著 者	三民日語編輯小組

創 辦 人	劉振強
發 行 人	劉仲傑
出 版 者	三民書局股份有限公司 (成立於 1953 年)

三民網路書店
https://www.sanmin.com.tw

地　　　址	臺北市復興北路 386 號　　（復北門市）　(02)2500–6600
	臺北市重慶南路一段 61 號 (重南門市)　(02)2361–7511
出 版 日 期	初版一刷 2020 年 9 月
	二版一刷 2021 年 7 月
	二版三刷 2024 年 4 月
書籍編號	S860250
I S B N	978-957-14-7232-4